钱万成 作品选

青春背影

钱万成————著

时代文艺出版社

图书在版编目（CIP）数据

钱万成作品选.诗歌卷/钱万成著.—长春：时代文艺出版社，2018.11

ISBN 978-7-5387-5962-4

Ⅰ.①钱… Ⅱ.①钱… Ⅲ.①诗集－中国－当代 Ⅳ.①I217.2

中国版本图书馆CIP数据核字（2018）第183816号

出 品 人　陈　琛
产品总监　郭力家
责任编辑　杜佳钰
　　　　　李鹏飞
装帧设计　孙　利
排版制作　隋淑凤

钱万成作品选 · 诗歌卷

钱万成 著

出版发行/时代文艺出版社
地址/长春市泰来街1825号 时代文艺出版社 邮编/130011
总编办/0431-86012927 发行部/0431-86012957 北京开发部/010-63108163
官方微博/weibo.com/tlapress 天猫旗舰店/sdwycbsgf.tmall.com
印刷/长春第二新华印刷有限责任公司
开本/880mm×1230mm 1/32 字数/660千字 印张/34
版次/2018年11月第1版 印次/2018年11月第1次印刷 定价/240.00元（全五册）

目 录

抒情第六号

1

你忽然高远起来

让我叶子般飘落

太阳风没完没了地吹着　吹着

原谅我

这不是我的过错

2

我自由了

是你解除了我项上金铸的枷锁

我不喜欢做梦

梦中得到了许多也失去了许多

赶它们走吧

欢乐与之同去

露珠儿落进草里墙角

就不会有蛐蛐为月亮唱歌儿

3

我那只纸叠的小船呢

我那条赶着童年的鞭子呢

我那驮着欢乐的小伞呢

我那藏着爱情的棕榈呢

还有

还有

我那挂在古塔上的金铃呢

我那染在白沙上的血迹呢

4

让我拉住你的衣襟吧

不要丢下我

小小的木舟

已穿过宽宽的岁月之河

我累了

但我不能睡去

男儿的汗是咸的

男儿的血能着火

让我的生命和你一起

在荆棘丛中燃烧

5

我要把我的诗之种播向远方

我要让爱开遍每座城市和村庄

大路不通

我走小路

我是背负青天的雄鹰

我不会满足于

栅栏中的春天

6

敲响你手中的铜鼓

让爱为我的灵魂引路

我可能跌倒

但你不必着急

我可能化为泥土

但你不必为我哭泣

不必为我塑造雕像

也不必扬一路纸钱

更不要用孤独的竖琴

弹落岁岁年年

抒情第七号

1

这一次再也逃不脱了

灵魂在堤岸中囚禁

水鸟的名字被目光之火凿刻成碑

海魂衫飘落

船舷上长起一片片苔藓

那支古旧的歌子

落水之后就被劫走

一直衔在鲸鱼的口中

2

大海真够义气

一千次放逐也没有改变初衷

什么最新感觉

什么超前意识

没有岛屿欲念也同样会被淹没

任何生命都

只能做一次死亡旅行

3

四点钟的夏季

已经飘落了一场小雪

相思树没有走到路上

就意外地遇上了北来的风

写写东方

就能改变我们的位置吗?

我们永远是一片叶子

在凋落前飘展成旗

还不如沿黄昏的小路

去洗一次海澡

天黑之前可以

搂紧沉落的夕阳认真地一吻

4

在一本旧杂志上

我领略了风之独舞

月光中有匹牝马笑得十分开心

那的确是西部的风景

但不是出自现代人的笔下

大漠孤烟

为什么都是那样笔直?

5

是你说过

五月在走向葱茏的时刻

曾经迷路

有九种声音九种色彩

同时出现在他的面前

最后是你挽起了他的手臂

在可怜的无叶树下

寻到了穆旦的呼声

那个下午想起许多往事

你没来找我就匆匆地上了木船

6

再往后

我就将永远属于这狂暴的大海

不管他是否诚心收留

只要能伴蓝风随月汐激动

放雄性的咽喉

唱一支咸味的爱之颂歌

抒情第八号

从元谋人生活的那片土地

到山顶洞人憩息的树林

路途很近，也很遥远

太阳走了一百万年

月亮走了一百万年

依然没有走出那片孕育生命的荒野

陶器倒很像书上描绘的样子

只是纹饰已进化成了甲骨进化成了大篆小篆

没有人能读懂史前的遗书

那一块块凝固成石头的感叹

能读懂的只有从那只破碎的陶罐中流出的液体

醉倒了一代代英雄、美女和墨客骚人

战争总是和死亡和血连在一起

可这史前陶罐里的圣物

却流出了勇猛流出了温馨流出了文明

它洗去了石刀石斧上的血迹

洗去了遍布荒野的哭声

它让战刀战马和美女一起舞蹈

唱胜利的喜悦和悲壮的大风

那时没有人知道这就是酒

到了有个叫刘伶的汉子醉倒之后

它才有了今天的名字

它从中原流遍四野

尤其在长安最盛名

风流司马和才女文君发了大财

被酒泡过的文章一直卖到今天

再后来就有李白效仿

可惜他生不逢时

从陶罐里爬出来得不到重用

于是骂了宦官又骂皇帝

没有人在乎他是否会写诗文

他在陶罐中潦倒

给这世界留下一道疤痕

还有嗜酒如命的就是张旭

喝醉了就会笔走如飞

引来龙蛇狂舞

引来兽走鹰飞

他让酒在他的萱纸上涨价

致使今天的茅台四百元一瓶

杜甫病入膏肓的时候也想喝酒

可他已穷到身无分文

江州司曾此流泪

在南徙的船上弹他哀怨的琵琶

更悲惨的还有苏轼

一生都在陶罐中受着煎熬

虽下了无数千古绝唱

可直到倒下尚不得魂归

今天我在这里举杯向月

只因这部历史和这份心情

太阳已经喝得酩酊大醉

月亮也同样神采飞扬

他们懂得太多的历史他们已经麻木

可我还在醒着想祖先如何从树上爬下来

给男人穿上裤子给女人穿上裙子

今夜十分痛苦

抒情第十三号

一头愤怒的犍牛

被围于铁栅之内

铜锈长满流放的秋天

大地痛苦于美女的瘟疫

黄昏的衣领被一双罪恶的手

撕扯成漫天的飞雪

没有人能阻止这种力量

当冰河轰然将封闭的天空裂断

一条鱼出现在街上

就有无数条鱼跟在身后

旗帜涂着诱人的颜色

死亡，对生命再也构不成威胁

生命之水

来源于青铜沉淀的绿色

从山的缝隙间流来

瞬间的冲撞让世界变得疯狂

让天空变得美丽

让所有的草木都激动不已

于是，在这片石滩下

孵化出了无数个精彩的故事

有男人叫亚当

有女人叫夏娃

他们把树叶做成诗签

送给每一位过路的乞丐

于是，梦就生出了翅膀

翱翔于五月的浪漫

于是，就有无数个男人和女人

演绎着一个无解的方程

花朵开了又谢

果实长满枝头

鸟儿成双成对唱着离别的痛苦

树　神

一任灵魂展示女性的美

三月风绿到天涯

打一路响响的嗝儿

马蹄叩击着远山的梦

夜倾听着星的真实

海浪海浪

海浪凝固了幻想的船

爱始于偶然

维纳斯的断臂任人浮想联翩

指南针定错了方位

小人鱼搁浅在野性的沙滩

让我握着你的手吗

我不相信世间存在什么诱惑

春天不开放美丽

花朵就不会这般傲慢

沉默当然是一种力量

但夕阳却用不着征服

站在自己的位置上

脚下有土就不至于干枯

交个朋友吧

我们同属于那土那水那山

那雪在对谁诉说

絮絮叨叨一夜

那雪在对谁诉说

树将头摆来摆去

这窗，自然也是枉然

静听屋外风景

有风爬过凸起的瓦楞

高墙后面是另一个世界

两只鸟以身暖足

羽翎是飘动的旌旗

其时其地

三足猫卧在金鱼猩红的梦里

半闭的眼

是虚掩的门吗

雪莫名其妙

房子莫名其妙

镜子靠在对面的墙上

也莫名其妙地看我

谁能猜透他们的心思

人生是一次快乐的旅行

从一个驿站到另一个驿站
人生是一次快乐的旅行

山亦重重
水亦重重
我不企望
每一步都迈得轻轻松松

道路艰难
我有坚硬的脚板
雨雾蒙蒙
我有明亮的眼睛

愿，只愿
有爱情相伴
有友谊相迎
管它一路上有无风景

春天的白杨树

摇晃着冻僵的躯体

在暖风的问候中

找回了丢失的思想

不再默默地忍受欺辱

不再像石头一样麻木

根基深深地锁进泥土

向宇宙伸出敏感的神经

呼唤太阳

驱逐脚下的残雪

呼唤雨露

洗涤身上的尘垢

它要和鸟儿一起歌唱自由

它要和云朵一起擦拭天空

它要做小花和小草的卫士

用生命守护生机和美

它大胆地挑起绿色的旗帜
却不仅仅
为了报答春天的给予

告 别 冬 天

穿过冰雪的走廊

喊一声再见

把多余的一切都留在门的那边

坐在树下

让信念和叶子一同回归

我们的心还在跳动

血，流淌着

像阳光下的小河

草漫过栅栏

一排排虚幻的雕像轰然倒塌

时间没有终止

我们没有背叛自己

人生不是一篇寓言

一串串雨滴悬挂着

道路又开始流动

唱一支歌吧
为了忘记
自由是没有姓名的野花
正在远方招手

岸　柳

绝不是因为错过了机会

才没有走向对岸

这边的土很热

草儿也萋萋如浪涌自脚下

直绿到水的那一边

也有看不完的风景

也有长河落日大漠孤烟

也有船儿常常入梦

乘长风云游万水千山

只可惜站得太久

忘记了遐想

空守一片热土一角蓝天

歌声再也唤不回远去的流水

太阳琴将在

痛苦中弹落岁岁年年

做我的太阳吧

做我的太阳吧
假如我化作山顶那块岩石
我不企望你能终日厮守
只需黎明时
吻一吻我冰冷的嘴唇

我会永远站在那儿
为你祝福
看你登上高高的天庭

风和雨都不会
摧折我的信念
我的脚下是土
我的头顶是天
即使有一天突然倒下
我也会带着你的爱

一同埋入泥土

年年青草青青

那便是我们永恒的爱情

这 一 章

这一章不会发表

尽管你把每一个夜晚都用符号省略

种子埋进土里总会发芽

雪能做屏风却不是墙壁

我们的剪影贴满黄昏

但黄昏不会为我们去做宣传

广告才贴在街上

爱情绝不是商品

这一章

只属于我们,我们永远要读

如果花儿不老

春天便会在花中永驻

这一章还没有结束

每一节都发表着我和你

但愿高潮之后别白水般平淡

我们期望着美丽的结局

致 妻 子

路和船
都不能把你拉出我的心之域
小小的背影
总如对面那座山

累了，就坐在
思念中小憩
不管靠着哪棵树
都会是你我相依

你是我完不成的主题
主宰着诗和我
只要你在这个世界上
我就永远不孤独

你是我生命的绿洲

别把我当成一只蜗牛

我是一只

跋涉在大漠中的骆驼

我在寻觅着你

寻觅着我生命的绿洲

夜 森 林

烈性的黑啤酒

流出太阳的伤口流进大森林

风醉醺醺的

星星开始

在梦中膨胀

每一棵老树

都摇曳着打着趔趄

他们没走到一起

只是无奈地

打个招呼

看得出谁也不愿放弃自己的

位置

夜莺做着宣传

五分钟后又静得怕人

看一棵大胆的小树

从远方走来

哗

然

夜开始惆怅

但没有惊慌

红 帆 船

到了涨潮的年龄

他坐在海边的月亮上

让涌来的浪花

舐蚀发芽的石头

海风回忆着往事

童年的声音

从椰子树上滑落

一面黑色的旗帜覆盖了满天星斗

大海摇着幽蓝的梦

他忘记了他应该乘哪一条船

他只记得那片红色的帆

船上的主人

是一个善良的小海妖

她的歌声是一根索

曾把他牢牢地捆在礁石上

他虔诚地

跪在太阳下为她祝福

只磕了一个响头

前额就爬上了皱纹

海一直没有离开过他

那块礁石

一直没有离开过他

海浪定期

到沙滩上来散步

给赶海的孩子们

留下一枚枚珍贵的礼物

他却什么也没有拾到

连那片红色的记忆

也被长高的红树淹没了

他变得像海一样暴躁

像海一样喜怒无常

今天又是

喝醉了酒才来这儿

等一条光滑的美人鱼

月亮爬上了光滑的桅杆

红帆船并没有出现

后来大海就睡着了

没有人到海边来过

这一夜他还淋了一场雨

高烧时梦见过那个海妖

湖　边

湖面是一张彩色胶片

太阳偷拍了我们的合影

那是一个春天的早晨

百合花刚刚睡醒

我们相对着走来

带着两个美丽的梦

连一句话也没有说

把一条谜语留给路上的眼睛

赠——

初荫的花蕾

总是缺少色彩

未熟的果儿

都有一点儿酸涩

别让粗鲁的手指

去触摸稚嫩的芽

她需要的是风雨的柔和

和阳光的温热

折断的花

会在悲愤中枯萎

缠藤的树会在热烈中死去

尽管爱慕都是出于真诚

我喜欢初一的月牙

虽然她不丰满

她是天与地爱情的影子

总会在默默地依恋中

用真诚和信赖补圆

黄昏·小巷·你和我

五月

丁香花绽开的黄昏

琴弦上飘落的黄昏

天空，放牧着鸽子

小巷，放牧着爱情

你从小巷的一端走来

踩动着我心的簧片

一支浑厚的交响曲

弹奏着你和我

任双脚确定方向

任双腿去决定速度

两只握得发烫的手

捍成一只

抵御一切障碍的拳头

你不让我把花

插在你的头上

你说：不忍

看她在我们手中枯萎

呵，五月

丁香花绽开的黄昏

琴弦上飘落的黄昏

在我记忆的画屏上

永远也不会

减退它的颜色

黄 昏 纪 事

欲望漫过河床

那只小小的船儿被遗忘在远方

目光之纤搭在对岸的树上

没有鸟儿

叶子诡诘地笑着

小小的阴谋在水面闪光

黄昏星没有走上沙滩

一只美丽的白鸽为情侣殉难

爱情带着恐怖的色彩

隐约地在天空徘徊

眼睛永远是晴朗的

阴影只能湮没往事

声音开出粉色的花朵儿

使这夏日添几分温馨

走过去便是童话

站在那即成历史

欢乐和痛苦属于同一轮月亮

黎明时沙滩上将是一片空白

街　头

夜发着光
天空飘下星星雨
柳影中的嘴唇
使路灯很害羞

三角形
四边形重叠在一起
是立体又是解析
你走到哪儿
哪儿就会变做点

在霓虹灯下
千万别站得太久
酒的味道很美
有时也醉人

火车站上

有一座时钟

它什么都会告诉你

那时我们正年轻

那时
我们正年轻

你是绿叶簇拥的蓓蕾
我是刚出蜂房的蜜蜂

为得你甜甜的一吻
我等待了多少个夜晚

你终于冲我笑了
那是一个早晨
太阳还没有醒

你是我生命的绿洲

你像一座遥远的海市蜃楼

你诱引着我

却不肯向我走近

我不相信

这会是你的真相

我只相信桅杆

相信太阳

相信信念和桨

我会走近你

就像河一定要走近海

不管路怎样

坎坷和曲折

让我同这夜一同醉倒

让我和这夜

一同沉沉地醉倒吧

欢乐和痛苦一起泡在杯里

谁能把水和酒

决然地分开呢

你不要视我为泥

我也不是硬不可化的石头

倒下是梁

立着是柱

男儿自有男儿的风骨

我为你而醉

我为爱而醉

我是太阳太阳也会醉倒在海的怀中

海浪又总会将它摇醒

你也能摇醒我吗

我爱你但不会向你乞求

你若能为天空

我便是你视野中

永远沉默的大地

人　生

当神鸟敛起金色的翅膀

童贞如落叶

飘忽成远去的雁行

泪珠便不再柔软

不再轻易地弹落

惊鹿般的眼睛开始回眸

开始把晶莹的痛苦

在太阳下昭示

开始像蚕一样封闭思想

开始让河流

去舔岸的伤口

开始把山影叠压在背上

开始用树的诡计制造阴影

开始用诚实欺骗天空

开始把自己变成石磨

研往事如梦

流出叹息声声

直到血燃烧成火

直到躯体铺展成后人的道路

直到灵魂化为萦绕黄昏的烟缕

直到这世界不认识我们

但树叶已经老化成历史

鱼背上升为陆地

又有谁能

阻青青芳草无涯无际?

如 果 爱 我

如果爱我
就别把我当成大树
企望着在我的
绿荫里做巢

你若是鸟
我也是鸟
我们应属于同一天空

风和雨当然不可避免
害怕绝改变不了命运

一切
都不会是神的意志
翅膀主宰着
我们的乾坤

石　头

你说我是块石头

就算是一块石头吧

石头不会许诺

却有一颗赤诚的心

石头总喜欢沉默

石头不说谎

石头里吹不进任何风

你看得起石头

石头就看得起你

用来垒墙用来铺路

放在哪儿都相宜

石头埋在土里不会烂

石头举到天上也不飞

坚硬中蕴含着柔情蕴着火

正等待着用爱来撞击

你说我是块石头

就把我拾起来吧

但愿拾起来别丢弃

童　话

月亮沉落在井里
星星主宰着温馨的夜

一群老树凑到一起
毫不忌讳地骂骂咧咧
为身边的小树
高出了他们的头

春天的夜很静
声音传得很远
小树们照样地长着
个个都雄心勃勃
他们不相信什么命运

我们从未有过别离

你的声音

在小鸟的歌唱里

清早就来到窗前

驱赶我心中的孤寂

你的目光

在我窄小的客舍里

燃烧的灯光

闪烁着你的希冀

你的热情

在我的水杯里

随时都给我力量

去和疲倦抗击

你的芳香

在我身边的空气里

我的每一次呼吸

都能感触到你

你的爱已在我心中生根

仿佛我们从未有过别离

即使是走到海角天涯

也走不出你的心里

我们都是自己的网中鱼

每天，每天
我们都织着这张网
一只银色的梭子
穿着无底的谜

我们是冰雪中走来的树
谁也不是剃发出家的鹅卵石
我们爱着我们才痛苦

山一样的我
水一样的你
心，随你远行
程程是相思

你不用回眸

芳草无界更无期

我们同属于一片海

我们都是自己的网中鱼

无 风 之 夜

葫芦般的夜

闷得透不进一丝风

我用了多少时间才烫出一个洞

在烟头上站起袅袅的你

告诉我

你是谁

你从哪儿来还要到哪儿去

为什么不早一点儿

来叩响我沉重的门

你不要蒙住我的眼

我知道夜里总会开放你的笑

山菊花的声音在流淌

海水因为有爱才涨潮

我不会约束你

任你自由地来或去

我常常忘记自己这并不足奇

扔了烟蒂夜便关起门

门外站着的是不是还是你？

无　　题（三首）

A

淅沥的小雨轻敲梦境
远山含泪薄雾笼孤峰
一只蜗牛树下受酷刑

微风摇着绿色的激动
封闭的木笼没有花灯
窗儿睁着夏夜的眼睛

当命运将我肆意嘲弄
我无力撑起爱之帆篷
天空流浪着受伤的鹰

B

多疑夺去你信任之桨
爱之舟旋转在湖面上
云遮的天空没有太阳

何时能寻回过去时光
橘色的甜蜜潺潺流淌
黄昏扇动美丽的翅膀

我不是你想象的忧伤
心儿也没有掷向远方
星星仍在你头顶歌唱

C

望不见帆影浮浪远去
缭绕的云雾扑朔迷离
时间滑落幽深的谷底

行囊塞满鼓鼓的忧戚
山崖挂着叮咚的叹息
青藤紧锁着无鳍的鱼

雁儿一队队向南迁徙
失去远方就失去慰藉
爱情是一个无底的谜

无　题

整个宇宙

都在陀螺般旋转

洁白的诱惑牵回嫩嫩的童年

谁说一切美好的都是欺骗

灵魂张开橘色的翅膀

路，已摇曳成烟

我是一棵

永远也长不大的松树

悬于峭壁涂改着蓝天

我自信我的足下

是最富饶的土地

拥着柔软的希望

烦恼不再是对面的那座山

一切都归于宁静

一切都变得庄严

太阳是梦中的苹果

吃掉一半儿

留下一半儿

五月的话题

你曾说过
你不爱那张方桌不爱诗人
而只爱那小小世界中的我
可我确实做过诗人的梦
让那簇野草
从春绿到秋

诗是初恋时节
那片开满野花的芳草地
诗是我们幻想中
蓝色海面上的红帆船

诗是春天
留给冰雪的热辣辣的吻
诗是太阳的真实
和种子拱破土皮而张开的翅

别责怪我

把你也寄到远方去展示

你是五月的话题

五月的花朵很傲慢

最傲慢的一朵

便是我心中的你

午夜的太阳

我知道这一夜要属于你了
梦之门洞开
等待，一种说不清的色调
涂满午夜的天空

大抵是洪荒之初的世界
夏娃以她优美的线条
捆绑着上帝的手臂
那条蛇微蜷着
于是生命之泉便在她的股间
流淌到现在乃至将来

每一个男人都没有办法逃避
湖波会使所有的船都忘记来访
你以你棕黄的发丝为旌
召唤我的灵魂入队

没有办法

当那柔软的手指

握紧远古的图腾

我便不再是我

我只是空气、泥土

或其他一种微量元素

我会随你飞翔

随你去追赶一只黑色的蝴蝶

直到秋风

将所有的叶子吹落

相　　思

把圆圆的梦
切成无数个碎片
我不把它带走
你也不要收藏

把它交给
你窗前的苹果树
当我走到远方的时候
一定会变成
满树圆圆的相思

别担心
风雨会把它们摇落
是果实总会
在秋天里成熟

甜甜的苹果

就是我甜甜的思念

但愿你别让贪婪的牙齿

将它咬破

蓝色的周日

三角钱

买一个蓝色的周日

让恬静的湖水

溶解一周的

紧张和疲乏

船在天空行走

心向太阳靠近

风儿轻轻

看不见一丝云

一片片叶子

自由地飘来飘去

蓝色的周日里

不存在封锁线

伞花绽开

运动衫就会和红裙子

一同飘落

健壮的青春

要去拥抱自然和美

蓝色的周日里

我是一条蓝色的鱼

但愿这蓝色的湖中

永远也没有网

夜 之 幻 象

无法抗拒的诱惑
丛林封住了所有的去路
林中的湖波很美
远山有虎的呼啸
那声音很是柔和

之后就水一般的沉静了
冥冥中有无数飞动的流星
其余的一切都不复存在
一团火焰熔化了自我

我紧闭了眼睛
任时间悄悄地飞逝
当这山这林这湖
与我一同陶醉的时候

驿　　站

从一个驿站
到另一个驿站
世界上再不会有什么路
比爱情更漫长

今夜我们在这里歇宿
在这双喜字
搭成的客栈里
忽然变成了主人

酒杯满溢着祝福
甜甜地为我们饯行

请你别喝得太多
前方的路

地平线般遥远而无尽头

荆棘和石头

蛰居在小路上微笑

婚宴是爱情的庆典

但不是爱情的秋天

我们不能在这软床上长眠

在这成熟的八月

在这充实的季节

我们还将从这驿站中出发

去完成走也走不完的

爱之旅程

有 一 首 歌

有一首歌不怎么优美

但我很爱听

那歌中有段动人的故事

使那整个冬天

都充满了友善与温情

那时我只有十八岁

十八岁的太阳还很朦胧

十八岁是溺于

幻想的白杨树

十八岁仰着一颗高傲的头

我在我的宇宙中

寻找着我的路

我囿于缤纷的诱惑中

那些日子总有一双发烫的手

握着我的单纯

变幻着迷离的爱之梦

在远方，不必为我担心

不要用泪光

摄下我的背影

让我刚一上路

就背起沉重的相思

有你的爱伴我远行

我远方的世界里

就会多一颗太阳

双倍的温暖

可以使冬天缩短

双倍的明亮

可以阻隔一切黑暗

诗和爱

从来就是相连的整体

像种子和土地

我尽可昼夜

在我的土地上耕耘

每天都有播种

每天都有收获

即使在劳作间

有一次短暂的小憩

也会做一个

美丽而明亮的梦

梦见美丽而明亮的你

告 慰 大 地

终于迎来了这样的日子
让我与你的山柳一起葱茏
该离去的已经离去
尽管都不是出于情愿

季节是严肃的
规律不可违抗
天空已有呢喃的情语
爱正悄悄地抽芽

放只纸鸢亦可
拧只柳笛亦可
有溪自山中流来
自由自在
漫不经心

我们应该一同庆贺

为那些兴高采烈的告别

绿色的列车已经进站

我们脚下正是月台

八月画梦录

八月属于八月的梦游者
八月的太阳在梦里唱着歌

八月把道路搓成纤
八月把希望扯成帆

八月的水手是一条鱼
八月的钟鼓没有声

割不开八月
八月是一湾水

推不倒八月
八月是一座山

八月空空旷旷又丰丰盈盈

八月的梦游者

在小店里欠下一杯酒钱

把你留在我的宇宙中

合上眼睛

关闭了我的世界的门

我要把你

留在我的宇宙中

你是黑土地里

长起的会说话的太阳

正温暖着

一片流血的叶子

叶子不落你不落

爱之树当永远

在夏季里疯长

没有收获也不可怕

树的价值

并不完全在于果实

也许百年后

人们会将一棵老树伐倒

那时，子孙们

便全在树墩上

计算出我们爱的年轮

白 沙 地

当黄昏蹚过那条小河
我们相聚在唐槭树下
搭上白沙地的夜行车

红背鱼已经逃出死海
衔两朵爱之蓓蕾上岸
在春的枝头并蒂摇着

把手伸过来紧紧相握
我是一个善良的海盗
只有海盗才唱水手歌

别把我含在嘴里

别把我含在嘴里

我不是糖

我是秋天枝头又紫又酸的五味子

别把我挂在梦中

我不是月

我是一面镜子

说出话来总很直

我伴着你

但不愿做那颗

让人羡慕的金耳坠

我是一枚纽扣

我愿像卫士一样

守护你的心扉

出 去 走 走

黑啤酒在流

草芽味很浓

我们出去走走

走走这春天夜

满天星星

星星很会笑

我们别打榧子

也不要吹口哨

月亮长在山垭

还没有圆

踏着这半圆的月亮

心里很难受

别提人生

也别谈什么爱

时间有的是

找不到底的谜

我们还是去酒店

喝上两大杯酒

火在心里

烦恼就不会来

春天的情绪

太久的思念

使感情脆如薄雾

碎成柔柔的珠子

敲醒了又一个季节

微岚蒸腾为五彩斑斓的幻影

野性的冲动

囿于远山的朦胧

想花朵唱出三月风的调子

想青草合上海浪的节拍

想我心之一角

又生出不安分的叶子

想那双折不断的翅膀

重新去剪裁天空

栅栏只是栅栏

时间没有标本

江河否定过去又更新着自己

太阳在东方

总是相同的颜色

我失眠于清醒的痛苦

心是等待放晴的白鸽

夜颤抖于曦光的足韵

我真想大哭一场

冬日的温柔

当童话张开洁白的翅膀
当远方收留了你玄色的目光
你不会知道
你的远方是我
是你洗过的米兰色的忧伤

当你浓黑的长发
在风中流淌
当没完没了的寂寞
在你脚下闪光
你不会知道
你的足窝中蓄满了恐慌

当你燕子般在冰上旋转
当你把温柔写满整个冬天

你不会知道

你将滑进我的怀抱

开一朵优美的二月兰

独　语

我不能对你说
我怕野性的洪水将你感情的堤坝冲破
我怕你稚嫩的心瓣被天风摇落
我怕你青春的芽儿
经受不住冰雪的折磨

我不能对你说
我不是你要寻找的那座岛
我联结着荒远而野蛮的大沙漠
季节湖永远也比不上蓝色的大海
引你来的只是一条浅浅的内流河

我不能对你说
你已向我放出那只温柔的小白鸽
就让它在我的心中做巢吧
假如你愿意忍受这带着甜味的痛苦
我就永远不会对你说

多 梦 时 节

黝黑黝黑的土地
星眼里开满了
又苦又香的丁香花

满地散落着你的笑
风儿拾起了又抛下

你是一条无鳍的鱼
你的眼睛里站立着我

我是不是
那个风化了的老石匠
我的凿子
正雕刻着纪念碑

碑文记载着一只鸟
这鸟儿

在世界上没有名

你为它送葬
却不见你哭
只有太阳的泪
打湿了绿色的鸟之魂

我满身带着你的箭
流血的石头
记载了历史的这一天

友　谊

友谊可以做树

有树长在岸上

人生之河才有风光

友谊可以做船

有船行在海上

希望之客才可远渡重洋

友谊可以做酒

在你失意的时候

为你增添拼搏的勇气

友谊可以做花

在你痛苦的时候

为你的生活

散发一缕清香

夜 之 歌

一半属于昨天

一半属于今天

黑色使我深沉

星月使我充实

我是生长幻想的土地

我是一座巨大的仓廪

我属于美

我属于力

我属于思索中的

生命和青春

五月，我做了父亲

忘却了八月

也不能忘却五月

尽管在八月的婚宴上

爱情得到了庆典

五月，一个陌生的喜悦

踏乱了我心的小街

五月，我生命的流水线

在新的床体上

又开始了延伸

寂寞里多一分吵闹

劳碌中多一分欢欣

诗，又多了个全新的意境

家庭的宇宙

又多了颗明亮的星体

妻子脸上多一丝微笑

桌角上多一盒橡皮泥

生活的赛场

多一个竞争的对手

祖国的衣襟上

多一枚

守护胸膛的纽扣

五月

野玫瑰熏香的五月

露水珠儿洗亮的五月

太阳向我行一个注目礼

写给儿子（三首）

之　一

我写诗的时候

你要画画

你抢去我的笔

和涂满幻想的本子

在我的诗中

你是我的太阳

在你的画中

我是什么呢

你说你也在画太阳

你的太阳我很陌生

你的太阳

和我的不是一个

我的太阳

总那么圆

你的太阳是许多曲线
像海浪，也像山
这是你的世界
只属于你自己

之　　二

走出那片天空
你占有了世界
太阳是你殷红的心

我不想带你再去那片海
我不愿让你复印我的梦

你的一切都属于你自己

你是一只青鸟

宇宙已经刮起绿色的风

之　三

快活的摇篮

摇着暖暖的七月风

摇着远方的那只鹿

摇着古庙的那口钟

摇着心中的那轮月

摇着天空那颗星

摇啊，让我的心伴着你

摇晃在母亲的情爱中

夏　天

夏天总和花开在一起
夏天的错误也很美丽

夏天的女孩子是野天麻
夏天的女孩子也芬芳
她们是一群小海妖
她们用眼睛和微笑
织着一张美丽的网

夏天的男孩子都是鱼
挂在网上挣也挣不去

夏天的小河是我们的家
水稳当床浪急就做马
杂念随波远去
灵魂洁白如浪花

赤裸着躺在沙滩上

像祖先一样晒太阳

涂上污泥我们都是佛

从远古到今天

唱着欺世的歌

夏天，只有夏天

树和小草才有精神

我们是草也是树

我们疯疯狂狂地爱夏天

仙 人 掌

该过去的

都过去了

不论是蜂是蝶

带走的是失望

留下的是忧伤

你依旧默默地生存

默默地等待着知己

锋利的刺

是你手中的武器

守卫着贞节

盼了许多年

等了许多年

过去了的从没回头

理解你的只有太阳

你默默地为他祝福

默默地向他微笑

尽管只有很短的一瞬

却被他永久地收藏

文　竹

你陪伴着我

纤秀的躯体

支撑着四四方方的

日日夜夜

我们，都不是

大自然的宠儿

一撮泥土

一星阳光

就写下了欣慰和满足

你默默地生

我默默地写

我们用不同的方式

完成着共同的主题

一片纯洁的翠绿

一行真诚的诗句

在你中有我

在我中有你

人竹虽非同根生

陋室缔结了我和你

我们同有绿色的希望和向往

我给你寄托

你给我启迪

我的座右铭

做人

当做一个勇敢的水手

把梦用海水泡蓝

然后再高高挂起

让爱涨满生命的帆

做人

当做一个不畏艰辛的猎手

把命运交给壮丽的大山

每天都从酒碗里出发

行则威武、卧则安然

做人

当永远做一个孩子

永远也不要走出天真和浪漫

不要看到欺诈、凌辱和残暴

用幸福和快乐

来装点每一天

人 生 之 岸

人生不能无岸

无岸便没有风景

即使你守在船窗

也只是满眼的寂寞

人生不能无岸

无岸便没有目标

即使你漂得再远

也只能将生命消磨

人生不能无岸

无岸便没有终点

没有终点就没了希望

你的一生便注定

要在苦海中漂泊

珊瑚与泥沙

因为深深地埋起

风暴没有发现她

她幸免了一次

又一次无辜的劫难

和污泥在一起

和流沙在一起

泥沙固然粗俗

却不乏质朴和温情

泥沙沉积了海的梦

时间隔断了海的呼声

蓝色的记忆遥远了

在她心中只有苦难和咸涩

终于,风暴归于历史

太阳在泥沙中找到了她

涌来的浪

淘洗了劫后的残余

她依旧那么美丽动人

人们赞美珊瑚

却没有人想起泥沙

隧 道 情 绪

隧道长长

隧道里没有半点阳光

没有阳光的时候

人们会感到一种恐惧

没有阳光的时候

人们才会渴望阳光

人生有时需要走走隧道

走走隧道

便会改变人生的看法

走走隧道

你便会感到

平常的日子并不平常

当然，隧道需要很短

因为人生本来不长

君　子　兰

我不是君子

也决不附庸风雅

匍匐于君子足下

我只知你是一株草儿

祖先出自

屈原的《离骚》

你虽风靡都市

让拜金者神魂颠倒

喋血乃至送命

你以为你的风度默默不语

默默不语是笑世人癫狂

还是自恃你君子的孤高

今日置你于窗下的是我

但我不会拿你换酒

爱独爱你敢于

笑对窗外飞雪

傲立腊月寒冬

红　绿　灯

该停止时停止
该放行时放行
城市不是牧场
任你来去如风

这是沸腾的大海
操守着月夕的节律
这是彩色的宇宙
循环于时序的规程

这里充满了自由
但不能超越界限
这里设诸多的关卡
但不乏友爱与温情

呵！红灯、绿灯

在这生活的十字路口

你变幻着城市的节奏

也警示着我的人生

关 于 和 平

和平是一只鸟儿

自由的翅膀

永远属于自由的天空

鸟儿的足下没有界碑

鸟儿的心中没有国境

鸟儿永远

和幸福伴在一起

它飞到哪儿

哪儿就会想起快乐的歌声

○ 的 宣 言

别把我当成金牌
挂在胸前
你就会贬值了
别把我当成跑道
踏上起点
便是终点了

别把我举到天上
也别摔到地上
我没有热也不会发光

承认我
就该让我留在
我的位置上

模　　特

如果为了艺术

你如此轻松地在这坐着

我说你用你的灵魂

净化了我的人格

如果为了金钱

你出卖了肉体

我说你同你的可耻

玷污了我的笔墨

如果为钱，也为艺术

我只能对你笑笑

这样，假使这样

实在无话可说

没有烦恼的猪

我是一头笨猪

所以，我没有烦恼

圈在圈里我睡

放我出去吃草

谁想骂我就骂

什么都不曾听到

一生快快乐乐

比神仙还要逍遥

留在昨天的自己

一只贪婪的手

不由自主地伸向盛开的花朵

花朵恐惧了

可它并没有受到伤害

贪婪的手

为它的贪婪付出了沉重的代价

那是一束玫瑰

那尖尖的硬硬的刺是花朵的卫士

当那只手在疼痛中警醒

我忽然发现

它是长在自己身体上

寂寞的山峰

水至清则无鱼

山至高又怎能看到风景

云海茫茫

远也朦胧

近也朦胧

无花无树

日也冷清

夜也冷清

太阳在这里也会寂寞

怎能怪那些石头冷漠无情

活 着 就 好

在山总觉得天高
在家总觉得路遥
坐在船上总觉得岸远
坐在地上
天上的星星总是很小

这不是一个定义
这是一条谜语
无论何等高人
都不会找到谜底

今天是昨天的影子
明天是今天的继续
你如果难为自己
就会被时间抛弃

千万不要欲望太多

只要活着就好

但愿，多一些快乐

少一些烦恼

黑　与　白

有白才有黑
有黑才有白
黑与白混合在一起
才构成完整的世界

处白总想黑
处黑总想白
人总是自己折磨自己
从古代直到现代

为什么不能正视现实
为什么不能安分守己
让黑就是黑
让白就是白

孤独的梨树

果已落尽

她呆呆地站在那里

热闹的日子已成过去

谁都可以看出她的悲伤

好在叶子尚在

秋风中还有喧响

就熬过这个漫长的季节吧

过了雪季还会有下一个孕期

大 山 是 佛

大山是佛

坐在那里任所有人来拜

他始终默默不语

静静地听朝拜者倾诉

几百年几千年

乃至几万年几十万年

他一直这样坐着

双手合十

为虔诚的信徒们祈祷

祈祷风调雨顺

祈祷健康长寿

祈祷花好月圆

祈祷这方净土永无灾难

我立在佛前
像所有信徒一样许下心愿
可我不能说破
我相信佛相信这座大山

帆

不是所有的船都要靠岸

不是所有的帆都能看见

我的帆就是我的理想

一直鼓舞我破浪向前

也许我的前方布满险滩

也许我的目标永难实现

可我相信我的帆永远不会落下

直到生命的船被时间抛成碎片

风　　景

一座山
在大地上站成风景

一棵树
在山坡上站成风景

一只鸟
在树枝上站成风景

一个人
站在山的对面
树的对面
鸟的对面

他能不能站成风景？

风　中　故　事

一根彩色的羽毛

在天空中飞

一片金色的树叶

在紧紧地追

羽毛和树叶

消失在小河的对岸

河面上没有桥

我蹚不过那道水

一只小船

在水中漂来

一个失败的故事

又有了满意的结尾

刚出土的陶罐

这是用泥土、鲜血
汗水烧制出来的
那里面还有月色
清风和孤独

这是一只
盛满悲伤和哀怨的器皿
被深深地埋在地下
等待着今日重见光明

今天置它于案几之上
又让我听到了两千年前的哭声

高高的白杨树

风沙不能让它屈服

干旱不能让它屈服

将根深深地扎进黄土与沙流之中

向世界展示出大漠英雄的风度

只要站立就笔直垂直

如一根根擎天的立柱

只要活着就潇潇洒洒

高擎长剑，无限勇武

它们与命运抗争

从不向困难让步

它们与自然斗法

从来不肯屈服

这就是大西北的性格

这就是一个英雄的种族

我为能与它们比肩而骄傲

也为自己的软弱而痛苦

爱我不仅仅需要真诚

爱我不仅仅需要真诚

爱我更需要珍惜生命

我是树

你也必须是树

两棵走到一起

只有绿色长在

才能永远相扶

爱我就先学会爱你自己

爱我就不要让春天流泪

爱我就用我们的爱

造一间遮风挡雨的小屋

苍 凉 之 月

你苍白的脸色

越来越难看了

尽管粉霜

涂成桂树抑或

吴刚和玉兔的图案

依然惨白

你在天空中

孤单地游走

我不知也没人知道

你的心事

总之,你让人

感觉到的只是苍凉

即使由瘦变胖

圆圆的脸乃是写满凄苦

告诉我，是谁

让你如此忧伤

人是需要倾诉的

月也该如此吧

只有你敞开心扉

阳光才会让你温暖

音　乐

河水终于征服了它的岸
草在感受到热情的一瞬
躺倒在幸福中

船自远方
无法定准岸柳的方位
月光流来流去
这夜的游魂啊

我的双腿异常沉重
咫尺间竟无法攀上峰头
天空有一颗圆硕的果子
风吵吵闹闹

又 是 春 天

即使是石头

也能感觉到太阳的温暖

树木与土地情同母子

花儿从不辜负

季节的期盼

该绿的时候

情感也要改变颜色

时间就是这么公正

天地间

展示着自然的威严

月　亮

你有千种情思
却不曾被人猜透

你对万物挚爱
却不愿被谁占有

在你的爱抚中
我感到了光的可贵

月·霞

一半儿属于这夜
一半儿属于黎明

夜里，月儿是灯
为我离家的灵魂照明
黎明，霞光是火
点燃我奔放的热情

月与霞是你的名字
也是你的化身
悬挂在我心的宇宙

把你的名字作为诗题
诗，也因此
有了明亮的意境

月色犯了美丽的错误

那一瞬
宇宙缩成一只小小的贝壳
血燃烧着芳馨的夜晚

我看不清你的脸
我只能感受到暖暖的风
暖暖的风吹着绵绵的雾
雾中飘浮着一只无舵的船

一切都归我们所有
一切我们都不需要
静静的我们
似乎变成了两朵云

那一瞬
月色犯了美丽的错误
但我们都不是罪人

我从风雪中来

走了，就走了吧

因为爱你才不忍将你的翅膀捆束

你属于天空

你属于自由

你的造访是误会又不是误会

你告诉我有欢乐才有痛苦

我已习惯于这样的告别

只要你不带走

头顶的太阳和脚下的泥土

我是从风雪中走出来的一棵树

我是太阳和大地的儿子

跨过冰川纪

命运之神就不会再将你跟踪

把一切不幸都留给我吧

我会把它酿成甘醇的美酒

送每一个来访者上路

我不会恨你也不会恨任何一个人
我的爱总是在春天里膨胀
无论你走到哪一方土上
都会得到我绿色的祝福

我 的 信 念

我的信念不是云朵

云朵轻飘而且多变

云朵的根扎不进泥土

云朵的花结不出果实

云朵下面

总会有一片阴影

我不愿让它

罩起我的灵魂

我的信念不是石头

石头过于顽固而且无情

石头的种子不会发芽

石头的蓓蕾不会开花

种下的石头

永远是块石头

石头的命运

就是冷漠和悲哀

我的信念是一棵常青藤

或者高山柏

只要有一点儿泥土就有绿色

不管冰封大地

还是春暖花开

阳光和泥土养育了我

我将永远高昂着头颅

瞩望曙色，展望未来

读　史

掀开的书页

是岁月的长廊

远远地迎接我

不是陌生的游客

不是来涉猎奇闻趣事

我是炎黄的子孙呀

我来寻找

祖宗的脚印

我在长廊中漫步

踏着长城的青砖

踏着黄河的堤岸

心，在光荣和屈辱间

被抛来掷去

争吵

厮杀

奴役

反叛

在胜利者的微笑中

我看见了血污和伤痕

这就是我们的民族

这就是我们的历史

像漫漫的长夜啊

最后升起的

是不落的太阳

给　她

如果有人向我微笑

请你也扬起脸来

小草和大树

同样渴望着阳光

如果有人有意中伤

请你付之一笑

相爱的前提就是信任

像自己对待自己

如果我将友谊赠予他人

请你也要为我高兴

因为太阳绝不

只做大地的恋人

不必担心谁会将我夺走

我就像你

胸前那颗纽扣

只要你不把它丢失

红　豆

见你才想起相思的
未必真会相思
买你当作信物的
爱情一定贬值

相思是一杯纯酒
只有用爱才能酿制
相思是一棵山树
给出的都是甜美的果实

今日捧你在手
只因你有一个美丽的名字
我要以你为题
为那些不懂得爱的人们
写一首警示的小诗

连绵的秋雨

还没有告别
为什么总是这样悲悲戚戚
让整个秋天
都颤抖在你的痛苦里

我把伞夹在腋下
赤足跋涉于泥泞的小巷
心很宽松
檐下的鸽子喁喁私语

有什么值得流泪
生活不过是
一块魔方一组玩具
当道道山脉隆起额头
一切都将沉没于生命的海底

纵你永无欢乐

也不会使这世界惊慌

绝望的是我

饮泪的是你

梦中的小雨

小雨飘洒在清清池塘

荷花梦总是很香很香

水滨小径青春在徜徉

你不知有鱼在水中

你不知你蹚破一个梦

你不知你引来一只鹰

从此，你无法再走去

黄昏后久驻在青草地

多情的小雨忧忧郁郁

梦中的箴言

多替别人着想
别与自己为难
能做岸做岸
能当船当船

与人方便
与己方便
生也安然
卧也安然

千万别斤斤计较
生活不是枰杆
只要你学会宽容
快乐就能永远相伴

那　时

那时
我才湿漉漉的二十岁
二十岁是种子
渴望拱破土皮的年龄

那时
我还不懂得什么叫爱
在一片林子里
迷上了小树妖

真该感谢
那场突来的暴风雨
在被击折的树干上
我找到了
走向你的树标

钟

世界本是一个圆

竟被你独自占有了

每一个角落

每一个生命

都听任你的指挥

为一条简单的哲理

无情又似有情

有情又似无情

我愿将你作为人生之笛

时时为灵魂报警

自 度 曲

早晨起来

最好是出去走走

出去走走

脚步快些

或者小跑

太阳升起来

不要老盯着他

关键是

要选准自己的路

一直向前跑

别朝两边看

用不着考虑

后面没有人

树木拦住你

也不要怕

他会告诉你

怎样才能向上

如果遇见石头

最好想法把它搬开

后来者不知道

感不感谢

都无关紧要

爱 的 湖 泊

一个偶然的机会
一条小溪和另一条小溪
在这里相聚
汇成了小小的湖泊
汇成了我们的家庭

于是，我们
开始了一个彩色的梦
用透明的心
去洗浴世界
洗浴日月和星辰

有时，无端的风
也会吹进来几缕哀愁
可那毕竟是短暂的
待平静之后
又露出蓝湛湛的天空

不必担心

会再度经受世间的风雨

有爱和信念的基石存在

即使遭遇再大的洪流

我们的湖泊

也不会决堤

等　待

等待你二月的声音书写这早春之夜

生命的光芒混合着血的颜色

铺展在时间的背上，没有契约

一切誓言都如云霓随长风坠入

迷途的山谷

兰花的香味只不过是一种卑微的证明

你的歌声就是夜莺的歌声

激动过无数没有冰霜没有雪雨的梦境

将太阳骑在胯下

按鞭赶动黑色的诱惑之神

说一声再见或吻一下你棕黄的头发

漫过岁月的堤岸爱留在家中

可这部电话紧闭双唇

封住欲念的路口

你在相思湖畔我在湖畔相思

二月的夜如一张无边无沿的白纸

撮一锹泥土栽一棵树木

裁一角蓝天放一只风筝

等待，无休止的等待

一条没有源头也没有尽头的河

愿与春天同绿

暖暖的风

轻移着痴迷的脚步

一夜间

浪漫的都市展现出

万种风情

行云款款

柳丝依依

怯生生的是霓虹灯下的少女

在这种时候

理智已不复存在

任何一种武断

都会受到自然的处罚

想绿便可大胆地绿

想红尽可尽情地红

人生的路上不能放过

任何一次机会

花开有时

花落无息

谁也跨不过生命的界河

你会拥有一切

如果你肯忘记自我

我知道我并不是这世界的宠儿

但我确信

我不会被这个季节遗弃

唱一首歌也好

写一行诗也好

早春与我同行

我是感知每一缕呼吸的杉树

我愿与春天同绿

鱼 化 石

几千年后的一个早晨
太阳漫步于金色滩涂
我是大海抛出的标本

尽管生命已升成烟缕
我也仍会幻想和跳跃
为海湾燃烧的红纱巾

我会讲一个古老故事
讲两条鱼儿怎样殉难
风化为永存的海之魂

夜 来 香

并非不爱光明
才在夜里开放

她是一位忠实的少女
挚爱着星际的情人

夜来便睁大眼睛
微明中遥遥相望

今夜我慕名来访
她赠我一缕幽香

雪　夜

夜，筛着雪花

也筛着孤寂

冥冥中走来的

是你……还是你

梦一样缥缈

雾一样迷离

唯有你星一样的眼睛

那样明亮

那样清晰

想必

你一定在这样想我

（当儿子在梦中

呼吸着温馨和甜蜜）

那么，就请到
黎明的院子里
去捡拾几片雪吧
每一片，都是
我凝固了的相思

我 有 家 了

我有家了
我的家像一只火柴盒
不是父兄的赐予
不是亲友的施舍
是两只鸟儿
用信念垒起的小窝

妻子是火柴盒里的天空
儿子，是天空中的太阳
一张方桌是我的土地
我在这里耕耘、收获

这里看不到乌云和风暴
菊花描述着温馨和柔和
一铺土炕是平稳的舢板
载着动荡后童话式的生活

我有家了

我不再是一只寒号鸟

憩在属于别人的枝柯

我已经长出丰满的羽翼

每当黎明到来的时候

都向着东方唱歌

无题的变奏

假如大地永不封冻
谁不愿站成一棵神秘的蝶树
让每片叶子都开放色彩

假如山泉永不枯竭
谁不愿把目光变成流水
洗涤心中不老的青山

假如宇宙永不疯狂
谁不愿变成一只太阳鸟
像风一样在天空展示

谁愿意做孤岛的居民
谁愿意做流浪的舟子
谁愿意做那颗可怜的星
永远为夜守灵呢

星花开满睫毛

星花开满睫毛

整夜都有猫在阳台上狞笑

我涉不过那道水

你走不上那座桥

树儿摇摇

落叶驾着小风飘

路在路上

双手变成了脚

头发是一面黑色的旗

我在你的旄下

一只可怜的猫

谁来敲门

回过头去到处都是你

洁白的胸脯

柔软的手臂

一只狡猾的猫

我无法安静
黎明开始在窗外吵
冥冥中猫走上大街
天空飞起一群蓝色鸟

生命的感受

生命的价值

并非在于时间的长短

千年之石依然为石

昙花虽只笑在一瞬

却为世界

留下了美的纪念品

永恒者未必永恒

短暂者未必短暂

蝶为夏之梦

雪为冬之衫

绿与黄同是生命的色彩

叶子就是叶子

焉能永葆盎然

石 头 和 冰

在太阳不肯光顾的地方
冰是冷的
石头也是冷的

用石撞冰
冰就地变为碎块

用石撞石
便能迸溅出火花

昙　花

虽然仅是瞬间的一笑

你的芳香

便留在我的梦里

还能向你要求什么呢

该给予的

你已经给予

我们，从山里来

祖祖辈辈

生长庄稼的土地

生出了我们

生出了一群

喜欢幻想的鸽子

看厌了牛和木犁

看厌了草棚土屋

我们从母亲的怀抱里挣脱

走进学校

走进书本

走进了安徒生的童话

就这样

我们走进了山外的世界

小屯的天地也从此渐宽

父母的脸上

飘起了一片彩色的云

虽然，我不认识海

我常常为海的博大而自豪

为海的澎湃而骄傲

为海的神秘而向往

为海的多情而激动

可我，并不认识海

海，虽然对于我

只是外婆童话里美人鱼的摇篮

只是银幕上一瞬间的咆哮

只是《词语大全》里一条简单的注释

但我还是愿意属于海

愿意属于一个永远奔腾的机体

即使最最小的一朵浪花

也会在欢乐中得到永生

我会在一万年以后

给爱海的孩子们

讲一个古老的故事

讲炎黄子孙

讲龙的传人

讲一艘古老的船

怎样在大海上

找到了漂泊的青春

周 末 舞 会

把一周的紧张和疲倦

夹在作业本里

让教室的门锁牢牢看住

告别那片黑板的大地

告别大脑中长起的庄稼

去跳半小时"金梭银梭"

舞厅是一片扩大的讲台

音符大胆地涂抹着色彩

在旋转中体味人生寻找友谊

让奔腾的热血

汇进灯光的泉流

用青春和激情谱一曲

东方的华尔兹

校园里的山妹子

小辫子甩着山里的野性
口袋里装着山里的泼辣
说起话也像山泉一样清爽
她说，想认识山
就得先认识她

她的书里夹着树叶
她的本里夹着野花
她说山里人就这规矩
怕外出的游子忘了老家

昨天，接到妈妈的信
她哭了哭得像三岁的娃娃
她说妈妈想她也一定会哭
她不流泪就对不起妈妈

她是校园里的名人
也是校园里的忙人
在教室、在图书馆、在操场
你随处都能看见她

破冰船断想

如果那白色的枷锁

是一条银质项链，如果

那柔柔的海水不被囚禁

谁愿把痛苦当作勋章

在太阳下展示，谁愿

在没有意义的搏斗中

给青春留下伤痕

不离开沙漠

也许驼蹄上不会有血

做不了野兽的同族

就必须把眼睛睁大

敢于死亡是英雄的壮举

但并没人为死亡树碑

拓蔚蓝的旅程

拓天空的梦

用信念当作旗帜

召唤鱼

召唤帆

召唤迟来的热带风

人生也需要回旋

走过山路

才始悟出人生也需要回旋

艰难中最关键是鼓足勇气

没有胆量怎能把险隘登攀

路在脚下

踏过崎岖

总会有一段平坦

云在山中

穿过迷雾

总会峰回路转

可怕的不是道路的漫长

和石头的坚硬

怕就怕不相信

自己的意志与脚板

老人、孩子和雪

天，下雪了
纷纷扬扬的雪片
像她心中理不清的思绪
在小院里打着旋

她喜欢雪
喜欢在雪地上滚球儿
三十岁上
还和孩子打过雪架
被乡里人传为轶闻

孩子们长大了
像这雪花在四处飘散
虽说栖上了高枝儿
可毕竟远了
让人日夜思念

一群孩子悄悄跑来

看年纪都该叫奶奶

在院里堆个雪人

正望着窗口微笑

雪人会安慰她吗

雪人会陪她说话吗

也许会的

在孩子眼里

一切都会遂心如意

笼 中 之 鸟

失去天空

才知道天空的壮美

失去自由

才知道自由的可贵

面对笼中的性灵

我的心一阵战栗

不仅为鸟

更为迷途的人们

但这一切

并非上帝所为

看那风中

依然有鸟在叫在飞

门 的 启 示

开着或关着
同样会失去魅力

最佳的选择
是半开半掩

开启的一半儿
可以示人以诱惑

虚掩的一半儿
却仍保留着
它特有的神秘

虎

在山威风凛凛
入笼也绝不
摇尾乞怜

即使猝然倒下
也会使懦弱者害怕

遗骨也是珍宝
给瘫软者
以直立的力量

观　　鱼

一

在撒满饵料的地方
也一定投下了钓钩
谁不能抗拒诱惑
谁就将失去自由

二

任何生命
都离不开自己的领地
不管你曾经有多大威力
鸟，必须飞翔在天空
鱼，只能生活在水里

三

想从网中挣脱

就必须相信自己

那猛力地一撞

也许是命运

留给你的最后机会

北 方 树

艳阳下潇潇洒洒
风雨中
也同样苍翠挺拔

足下有草
不曾因小而欺

头上有云
不曾为之所怕

上饮阳光
下食泥土
果熟时节
自会以真诚奉答

东 方 童 话

如果你相信

后来的事情

就再简单不过了

一方手帕

变作一座辉煌的城市

有位少女经常

在广场上盘来盘去

认定仙人掌是他的情人

班车的次数很少

偶尔也发现时钟误点

来也匆匆

去也匆匆

是那大海的潮

被流放的乌鸦

在这个世界上

最不受人待见的鸟就是乌鸦

因为那身追不上潮流的羽毛

因为那张唱不出赞歌的嘴

它们被永远地放逐

成为旷野中的拾荒者

它们用垃圾以及动物的尸体果腹

在寒冷的风中蹲伏在树上

用自己的羽毛和体温暖足

还要承受那些心里藏着乌鸦的人类的责骂

比如天下乌鸦一般黑

比如闭上你的乌鸦嘴

除了伊索没有人发现它们的智慧

更没人想过它们的血也一样殷红

雪天的记忆

关东的雪

总会在冬天到来的时候

如期而至

洁白、柔软、美丽而且轻盈

一步一步

让山川朦胧道路隐没

天空渐渐地变暖

村庄亮起一片片灯火

炊烟的味道

就是柴草的味道

牛羊马匹闭上眼睛

细细地咀嚼

狗开始躁动

三五成群

追赶嬉闹

在铺开的纸上

印下一朵朵梅花

这样的时候

我最喜欢的事情

就是坐在窗前发呆

看雪花在风中旋转

下落下落

然后淹没在雪地里

无声无息

偶尔，远处会有狼嚎

并不凄厉。暖暖的

像母亲呼唤儿女的声音

没人会因此恐惧

甚至还会有一点点感动
为一切生命，为爱
为雪花用它冰冷的身魄
暖和着冰冷的世界

2012春天的一场大风

一场大风

瞬间卷起漫天的尘土

一棵树向另一个树致敬

朝着一个方向

鞠躬或者默哀

死亡并不可怕

可怕的是被人挑开

像风中飘展的枯草

和被风翻拾出的

花开花落

无孔不入

冰河尚未解冻

它躲过了一场劫难

2012，为自己举杯

一年之中
总会有几个令人激动的时刻
比如第一朵花开第一片雪落
可它却无法让所有人疯狂
只有除夕
只有一年与另一年交合的时候
每一个中国人都会为自己举杯

燃放烟花、迎接神灵
一切都只是一种仪式
把该放下的放下
放飞对未来的憧憬
能否如愿并不重要
重要的是从梦境出发
去追寻一个美丽的过程

年就像一道神奇的门槛

跨过去就到了另一个世界

天空、草地、山川、河流

亲人一样守望

等待每一个生命的造访

守岁，守住心中的一份宁静

守住一生一世不变的追求

守住人间的一切美好

守住心中没人可以触摸的痛

或许这是一种无奈

今夜，在期待又一个新年到来的时候

期望这也是人生另一种境界

2012春天到来大雪纷飞

2012春天到来的时候
一场大雪突然飘落
鸟在天空盘旋
翅膀迷失了方向

窗子阻断了一切
净，自己倾听着自己的心跳
热血在冰下燃烧

鱼儿喜爱逆流而上
可惜它没有翅膀
天空依然是那片天空
有点昏暗

大雪纷飞

一群金色的蝴蝶

扇动着它们的梦

由远及近

变成我眼中的一颗明珠

在冰上行走

只有此刻
当水凝结成冰
才可以把它踩在脚下
让心灵从深水中浮起
有一种爱化的感觉

冰本来是温柔的
温柔的让你放松警惕
把身体贴近它

以为自己是鱼
忘记了没有鳍
也没有尾

使尽全力
全力在水中挣扎
自己吓唬自己

手足并用

企图做最后的逃离

现在

我在冰上行走

再也不担心它会疯狂

冬天锁住了它的脚步

也封住了它的嘴巴

冰默默地承受着

但我知道它并不屈服

冰下依然是冰

而且在愤怒地燃烧

昨天的太阳已经在昨天沉落

谁说忘记了过去

就意味着背叛

只有放下包袱

才能轻装向前

昨天的太阳

已经在昨天沉落

那灿烂的余晖

如何能映红我今天的脸

我不属于过去

过去只是

我曾经的码头

曾经的驿站

也许，那里

留下过无数的光荣与梦想

还有永远也抹不掉的

痛苦和血汗

可我还是希望从现在开始

背起行囊

扬起征帆

去追逐风浪迎接挑战

朋　友

朋友不是人和影子
一个，总是
要做另一个的随从

朋友不是两只鞋子
一只破了
另一只也会出洞

朋友是一群小马
放开四蹄
就想较一较脚力

朋友是一片小树
齐心合力
就能够抵挡风雨

朋友是两面镜子

站在一起

谁也不隐瞒谁的缺点

朋友是两颗星星

相携相伴

永远坦荡永远真诚

今夜是小年

今夜是小年

在东北一定要放鞭炮要喝酒

要把晦气吓跑

然后醉卧在温暖的雪中

回想这一年的幸福

成功无所谓

失败也无所谓

一切都只是个过程

酒能让人忘记痛苦

更能让人充满信心

不行咱就重来

在春天种子都会发芽

谁能长高全靠运气

如果没有雨水

如何抗争都是枉然

坚持自己的想法

努力过好每一天

别给别人添乱

也别给自己找烦

只要到明年小年的时候

你说没有白过

你就是一条汉子

再喝一顿大酒

一觉睡到明天

院子里厚厚的一层雪

院子里厚厚的一层雪
就像一床松软的被子
盖在身上

北方
就是这样情意绵绵
任何一种生命
都能够感受到他的温暖

一群鸟在雪地上刨食
叽叽喳喳
边啄边做着游戏

它们让我忘记年龄
忘记时空的概念
父亲提着鸟笼子走到雪地上
放飞自由的童年

雪花仍在一朵朵飘落

蹑手蹑脚鸦雀无声

雪花就像我早逝的母亲

从不愿烦扰别人

雪越积越厚

我的心里越来越暖

这个冬天再也不会寒冷

雪让脉管中的血液

烧得通红

只因为有了那堵墙

左面有眼

右面有眼

一堵墙立在中间

左面看不到右面

右面看不到左面

左面有箭

右面有箭

一堵墙立在中间

左面射不到右面

右面射不到左面

只因为有了那堵墙

眼，才见不到眼

箭，才射不到箭

世界在这种状态下

变得安全

寻 找 风 景

没看到的时候
总是想看

看到了之后
也总觉一般

失望一次
又把希望寄托给下次

下次仍是失望
可又总与人心不甘

人生往往就是这样
有时明知受骗却又甘愿受骗

夜 夜 有 梦

夜夜有梦

夜夜有一颗相思的红豆

泡在浓烈的酒里

车摇摇晃晃

船摇摇晃晃

我摇摇晃晃

摇摇晃晃是你的影子

摇摇晃晃是你的眼睛

走到天涯

也仍在你的爱里

人生中，还有什么比这幸福?

一 湖 秋 水

入夜，一湖秋水
摇动着点点星光
芦苇在晚风中瑟瑟发抖
这景色有点儿凄凉

我站在湖边
望着城市映在水中的倒影
心是那只掠过天空的鸽子
又飞回放牧童年的故乡

那是同样的一湖秋水
也有大片的芦苇在风中摇晃
野凫惊飞
天空在战栗
显得愈加空旷

收获的季节

到处都弥漫着稻谷的香味

兴奋的不仅仅是大人孩子

还有拥挤在乡路上的大群牛羊

在那个夜晚

只有我心中装满苦涩

我是那湖秋水的守望者

目送一条木船

穿过草丛

划向远方

一匹马和另一匹马

一匹马

住在一间漂亮的房子里

可它，并不快乐

常常在黑夜里哭泣

另一匹马

在草原上经受着风雨

可它，并不痛苦

对自己的生活十分满足

两匹马

共同完成一个命题

没有自由就没有快乐

有了自由生命才变得美丽

一　生

脚印渐渐地长了
鞋子渐渐地小了

童年渐渐地远了
烦恼渐渐地来了

个儿渐渐地高了
爸爸渐渐地老了

爱情渐渐地近了
自由渐渐地跑了

孩子渐渐地大了
日子渐渐地吵了

亲情渐渐地浓了
争吵渐渐地少了

恩怨渐渐地没了
心情渐渐地好了

一 条 鱼

水在过于清澈的时候
鱼儿就迷失了方向
它分不清天空与水面
更不知自己身在何处

清水中的那条鱼很可怜
它想呼唤自己的伙伴
可嗓子怎么也发不出声音
最后它只好闭上眼睛
任灵魂飘成
一朵无依无靠的云

真希望能早一点
找到自己的位置
让岸上的杉树
招回失散的灵魂
（这是鱼儿的真实想法）

我不忍再看它游来游去

那不是自己的飞鸟

那是一只受伤的鸽子

是我被流放的那一颗心

一位画家

画家
画了一辈子的画
连自己也被
画成了了风景

可他在这幅画上
忘记了署名
于是，在法庭上
就有了版权之争

画家气愤至极
他扔了那支画笔
虽然输了官司
却赢回了自己

银 杏 树

伫立千年

将这座青山守望

浴几多朝雾

送几多斜阳

经几多风雨

问几许苍穹

你这苍颜老者

能和我讲讲历史吗

为什么缄口瞑目

莫非你也有话难讲？

有 人 敲 门

在一个寂寞的下午
他听见有人敲门
那声音十分熟悉
他去把门开开
进来的竟是自己

愿只愿你多一分勇气和快乐

人生就是一次长途旅行

能与你选定相同的方向

是一种缘分也是一种荣幸

在同一次列车上

车票剪了豁口

也不会天南地北

在同一艘船上

遇上再大的风险

也会相互照应

愿只愿你多一份勇气和快乐

每天都从一个新的站点出发

以爱相扶去风雨兼程

写 给 儿 子

我的心

是被雨丝洗过的宇宙

你是这宇宙中的太阳

因为你

我不再为黑暗而忧虑

也不会因寂寞而悲伤

你让我看到了希望

你让我找到了方向

写 给 自 己

多替别人着想

别与自己为难

能作岸作岸

能当船当船

与人方便

与己方便

坐也安然

卧也安然

千万别斤斤计较

生活不是秤盘

只有学会宽容

快乐才能与你相伴

夏　夜

在一阵残酷的烦躁中
忽然想起那只破旧的茶杯
那似乎是一个清爽的中午
你扔了它
连同杯中的清水

那只杯碎了
那些水洒了
那个中午也从此逝去
可你并没有在意
在那之后你还扔过别的东西
比如扇子凉帽书和玫瑰
你扔的时候很是潇洒
树很惊诧可你却头也不回

今天你为什么
会想起它们

是因为思旧而追忆

还是痛苦复活了你的心

这夜真热

这夜真黑

童年的白蝴蝶

当初冬第一片雪花

飘落在窗前的时候

我忽然想到了它们

一只、两只，上下翻飞着的一群

在盛开黄色菜花的田地里

那时，不知道庄周

也没有听到过梁祝

在小鸟的合唱和溪流的弹奏中

白蝴蝶们

是从梦幻中飞来的精灵

正午的阳光暖暖的

我躺在地头的柴草堆上

身边是一条黄狗

我们各自想着自己的心事

它们在我的头上绕来绕去

翅膀扇起一阵阵花香

邻家的小女孩儿

在另一个草堆上柔声地唤我

她说她也要变成一只蝴蝶

如今我两鬓斑白

坐在城市的高楼里

童年的蝴蝶被岁月隔在远方

它们还在那片菜田里吗

还有那条黄狗

和那个曾经牵过手的小姑娘

微　　笑

天空最美的是早霞
春天最美的是鲜花

微笑，就是早霞
微笑，就是鲜花

笑一笑，你会觉得
你的生活更甜美

笑一笑，你会感到
你的世界更广大

笑，会帮助你
把幸福和快乐一起留下

我们也是一群骆驼

茫茫沙漠

是一片金黄的大海

沙的波

沙的浪

汹涌澎湃

骆驼是这里的船

一队队远去

一队队又来

没有什么能阻止它们

在大漠中尽显风采

这里没有航标

航线随时都可能更改

这里没有港湾

遇见大风

最好将帆张开

我们走进沙漠

仿佛走进人生的瀚海

我们也是一群骆驼

走向生命的绿洲

走向美丽的未来

我是一只蝴蝶

我是一只蝴蝶
我永远追逐着春天

我是一只蝴蝶
我是渴望飞翔的花瓣

我是一只蝴蝶
我是爱情的天使

我是快乐我是幸福
我愿时刻与你相伴

太　阳

胸怀因无私而广大
爱更因赤烈而升温

生活不因循环单调
追求却因执着常新

山中有山中的潇洒
海上有海上的风韵

管它冰霜雪雨
管它雷电风云

以信念为旗百摇不动
生命在燃烧中永葆青春

思　念

思念是一团麻

斩不断，理还乱

思念是一眼泉

淌不干，流不干

思念是一棵树

枝也扶疏

叶也扶疏

思念是一架风筝

线儿越长

放得越远

人　　生

生活是一把壶
人生是壶中酒

壶可永存
酒却不能常有

要珍惜每一滴
要品透每一口

常思酒中乐
莫寻壶中忧

宁可醉中躺下
别在醒里白头

漂 水 花

在海峡的那一边
余光中漂过
罗门又漂
但在他们的瓦片下
谁也没有开出莲花

是我找到了自己
找到了丢失的家
抛出那片瓦片之后
童年就只属于
水边的柳树了

那只青蛙也好
那只苍鹭也好
抑或那条小鱼
和长不大的水草
它们还能记得我吗?

飘落在他乡的叶子

飘落在他乡的叶子

老是想着回家

它不会忘记来时的路

它最想念的就是爸爸妈妈

它想念飘在头顶的云

它想念围在身边的雾

它想念唱歌的鸟

它想念和它做伴的蜂巢

当然，还有那些蜜蜂

还有春天里的蚕蛹

还有那些翩翩舞蹈的蝴蝶

它们让它夜夜为之心动

可它没办法回去

它已在这一片土地上化作了春泥

叶落归根是所有叶子的梦

不能归根

就永远把家装在心里

泼 墨 有 感

在是与非之间
在像与不像之间

太像则过于呆板
不像又近乎荒诞

似像非像
是最好的渲染

不像又像
有最妙的观感

作画诚然如是
做人岂不亦然

其实和棋也没什么不好

棋艺相当的两个棋手
坐在一起对弈

你将不死我
我将不死你
微笑无奈地对着微笑
只好和棋

其实，和棋也没什么不好
成全了别人也解放了自己

魔鬼和天使

和魔鬼在一起
千万不要怕
鬼怕恶人
必须去降服它

和天使在一起
一定要尊敬她
蓓蕾接受阳光
才能开出鲜花

天使和魔鬼
就像朋友和敌人
一个要爱
一个要打

关 于 朋 友

朋友是一棵高大的树

把荫凉捧给别人

把暴烈留给自己

朋友是一把高擎的伞

把晴朗献给别人

把风雨留给自己

朋友也是水

朋友也是鱼

水和鱼永不分离

朋友也是花

朋友也是草

开在一起也绿在一起

朋友和朋友

只有在失去的时候

才能悟出朋友的真谛

牺牲生命只是一种过程

一片叶子一面生命的旗帜

在暖暖的风中摇摆

它以自己的方式向世界宣告

春天——胜利了

它默默地承受着风雨

将世间的冷暖深藏

没有人知道它想什么

它在整个春天里默默无语

又一个季节过去

它再也无法忍受寂寞

它深情地望着大地

渴望向世界诉说

它终于投进大地的怀抱

在幸福中慢慢消失

这就是一个完整过程

在瞬间变作永恒

老榆树和它的榆树钱

用一生的心血和汗水

赚得一串串金钱

撒于五月风中

为买那满天的雨点

石头开始苏醒

在雨中做着种子的梦

一朵张开嘴巴

唱出冬天失落的歌声

河水流得很慢

浪花跳得很欢

鱼想看看外面的世界

将头悄悄地探出水面

草是一种精灵

和雨珠一起跳动

伸出绿色的小手
将幻想交给了风

老榆树十分欣慰
站在雨中自我陶醉
它自信这钱没有白花
雨后的世界一定更美

凝 视 黑 夜

黑夜里有一双黑色的眼睛

凝视黑夜直到黎明

早霞从东方升起

在她后面

是一轮金色的太阳

凝视黑夜

夜空中是点点星光

它们忽明忽暗

就像一盏盏渔火

把大海照亮

月亮哪去了

月亮还在远方

远方是更黑的黑夜

月亮正在值班

照那里所有孩子睡得安详

凝视黑夜

就是等待早晨

等待一群鸽子飞上天空

等待一群小鸟

和太阳一起歌唱

这应该是一种信念

如果人类

能够生出一双翅膀

就再也不会

惧怕道路的坎坷

一座高山

一条大河

一片沙漠

一片沼泽

一切都可以一飞而过

这绝不是梦想

这应该是一种信念

就像溪流向往大海

就像小草爱恋春天

春天里萌生的想法

春风让柳枝变得柔软

阳光让种子发芽

还有那绵绵的细雨

让小草泛绿

让桃树开花

这一切都是默默地

就像母亲给我们的爱

无须要求

也不求报答

我们就是柳枝

就是种子小草和花朵

在这个温暖的春天里

不知能为别人做点什么

送上一个微笑

在没有什么

可以赠予别人的时候

就送上一个微笑

严寒中

那会是一抹阳光

沙漠里

它会是一泓清泉

也许它化作一缕春风

让人惬意

让人温暖

人生就是一次长途旅行

我爬过许多座大山

每一座大山

风景都不一样

我蹚过许多条大河

在每一条河上

都经历过风浪

人生，就是一次长途旅行

只有不畏艰难险阻

才能看到无限风光

十六岁的青春

十六岁的青春

是一只挂在枝头的苹果

虽然已经长大

可它依然十分青涩

爱它，就让它

在树上快乐地成长

接受雨露的滋润

接受阳光的抚摸

只有耐心等待

它才能慢慢成熟

如果强行摘下

一定会酿成终生大错

无论季节怎样变幻

无论季节怎样变幻

心中都要永远装着春天

那是一个神奇的季节

总能为我们带来希望

种子在春天里破土

蓓蕾在春天里开花

还有那些老树

也在春天里发芽

春天阳光明媚

春天冰雪融化

春天百鸟齐鸣

春天风光如画

热爱生命

首先就要热爱春天

只要天空拥有太阳

世界就不会黑暗

钱万成作品选

母亲的村庄
我的城市

钱万成——著

时代文艺出版社

目 录

母亲的村庄

我 的 城 市

· 母亲的村庄 ·

母　亲

不到痛苦的时刻从来想不起你

想不起那口祖传的老柜载你徐徐远去

想不起你临行前捧着我的脸合上双眼

想不起你最后一滴眼泪落在我的掌心

那一日是腊月初九老北风苦苦地留你

那一日雪花纷纷天空到处都呼唤着你

那一日乡亲们都来了都哭了都说再也见不到你

那一日我打着灵幡高高兴兴地去山里送你

那时我是一匹小马驹

你躺在炕上让我端水让我拿药让我不离开你

我烦了腻了悄悄溜到一个谁也找不到的地方

你支撑起身子眼睛是那扇擦不亮的窗

烫烫的眼泪落到干瘪的手上我的脸上像三月的小雨

你说你要走了要到很远的地方

很远的地方很美可谁都不愿去

你说让我长大成人说个漂亮的媳妇

你说你只盼逢年过节能有人想起你

我认为那是故事那很好听总刨根问底

你总是摇头总是叹气把结尾泡在泪里

可你真的走了十九个冬天杳无消息

十九年只有泪光中能闪现出你瘦小的身躯

你很慈爱很善良很美很像你常讲的小龙女

你很怯懦很可怜吃过公公的责骂丈夫的拳脚

至死也没穿上莲花鞋和长寿衣

你为了我们偷食野菜昏倒了是大山救了你

你卖了头发换回火柴拾回炊烟却换不回爱

就这样你倒下了树倒下了院中的风景再不美丽

现在伏在案上我又想起你

我很惭愧我是个不孝的儿子

我为你送终却没为你流泪

年节中也不曾为你送过纸钱

我可怜的妈妈儿子对不起你

现在我正在一座城市里流浪

不知你故乡的坟头何等荒芜

我多想再次扑到你的怀里或是跪在你的脚下大哭

但愿此时你的身边到处都开满鲜花

那将是你赐给儿子的慰藉和幸福

母 亲 河

久违了，母亲
当你枯瘦的身影流进我的梦里
当你又一次揽你的儿子入怀
当乳汁的香甜润苏板结的乡恋
母亲，我的心在颤抖

我知道
摩天大楼已将你隔在远方
黑啤酒透不出落霞的血色
那只蹦蹦跳跳的牧歌
和岁月一样遥远
属于你和你的儿子
只有那抹夕阳

呵，母亲河
你这灌溉了我生命的母亲啊
你这洗涤了我灵魂的母亲啊

是你给了我诗人的幻想

是你描绘了我彩色的人生

是你以单薄的躯体

将我的童年和那片杉树一同奶大

是你用血汗

养育了那方生养我的土地

你是这黑色北方的母亲啊

在你的摇篮里

我曾把微笑织成花环

我站在陌生的世界

然后驾起想象的白鸽

开始漫长的旅行

在你的怀抱中

我曾是一条无鳍的小鱼

大海的诱惑

彩虹的幻觉

都灿烂过我少年的憧憬

我也看过你铁青的脸色

在最为寒冷和艰辛的日子

可你从未呻吟叫喊

脉管里快乐的音符

是对北方女人完美的诠释

你淙淙流淌

你日夜奔波

你把爱化作鲜花插满五月枝头

你把爱化作果实薰香九月秋风

你百折不回

用坚韧征服了一切阻力

呵，母亲河

你是北方最伟大的母亲

母亲节在母亲墓前

在这样一个特别的日子
在福山魂舍
你坐在四十五年前的窗下
一针一线将几代人的期望
将你的爱和梦想
密密麻麻缝进我的衣服
缝进那个阳光灿烂的上午

远处，父亲赶着牛
在盛开的杏花上犁田
一群蜜蜂提着花篮
穿过雨后的彩虹
努力在天热之前
将所有的幸福运回蜂巢

我一直在院子里
用泥土修筑我的城堡

三只狐狸出出进进

一个是先生

两个是学生

这就是我未来的学校

你深情地看着我

就像现在这样

无须语言也无须手势

心是一面镜子

母子互映

什么都用不着隐瞒

我知道你一直担心你走后的日子

担心天会塌下来压垮我稚嫩的臂膀

所以，你常常入梦

用你瘦弱的肩头帮我扛着

我说我行，你却默不作声

母亲，我真的没事

我一直踩着你缝出的针脚

相信心永远不会迷失

腰更不会折断

那里支撑的是你的骨头

你安心地在你的世界里

和佛一起修炼吧

青灯黄卷

晨钟暮鼓

还有你手中的针线

不为赎罪

只期来生

来生依然这样美丽、智慧、善良、仁厚

还作我的母亲

回 到 家 乡

回到家乡
泪眼汪汪
童年的那条路已经找不到了
能唤醒记忆的
只有那面永远不倒的石墙

石头是最忠实的
石头沉默不语也从不张狂
可石头也是最懂情感的
它会让住在屋里的主人
不受风霜雨雪的折磨
该暖的时候就暖
该凉的时候就凉

还有
那石锅石灶和石炕
那是生我养我

让我长大的地方

我的童真留在那儿

我的童心也留在那儿

那儿还有一个不能公开的秘密

知道的人只有两个人

一个是我

一个是我五岁时的新娘

我离开家乡的时候

她已经上了小学

那天，她哭得十分伤心

泪水就像两串珠子

落到地上

仿佛都能听到声响

她站在雪地上

向我和我的家人招手

直到那驾马车

把我拉出了家乡的视线

她仍站在那儿

天空显得十分空旷

今天我又回到这里

回到母亲守望着的村庄

家乡依旧风光依旧

可见到的却都是陌生的脸庞

家乡，我会永远爱你

一生一世，没齿难忘

大　白

大白
是一条无家可归的狗
雪后黄昏，它在街上
游来荡去
就像一个流浪的乞儿

母亲可怜这幼小的生命
顶风冒雪把它放进院子
还让父亲用柴草
为它搭一个温暖的窝

从此，我多了一个伙伴
母亲多了一份牵挂
每一顿饭
她都要留一碗米汤

给终日守在门口的大白
暖暖身子

大白渐渐长大
长成亭亭玉立的少女
大白开始恋爱
并且在一个春暖花开的日子
做了幸福的母亲

转眼就到了1968年的冬天
大白和我一起
守在母亲灵前
它没有流泪
一直是眼巴巴地看着它的恩人

就在母亲去世后不久
大白在一个雪夜里失踪
我和父亲找遍整个村庄

没人知道它的下落

直到许多年以后
有人说曾在母亲坟前见到这条白狗
它还是原来的样子
只是老了，步履蹒跚
再也无法追赶奔跑的兔子

七　姨

七姨是这个世界上
外公家族里唯一健在的长辈了
她不是母亲的同胞姊妹
她们是这个家族
一棵树上两个枝丫
开出的花朵

七姨命苦
七姨很小就没了父亲
寡居的姥姥是她唯一的依靠
风雨中，守望着一棵大树的孤独
在兵荒马乱的岁月
七姨带着她的母亲离开故土
来到龙江
来到母亲嫁人的地方

寻找幸福

寻找生命和灵魂的归宿

她嫁给一个好心的瘸子

给姥姥找到一铺可以安身的火炕

在这个叫作东双龙的地方

用青春和美貌

写下了一篇

带母出嫁的传奇

苦，但很快乐

婚后的七姨就像她屋檐下的

那只叫作麻雀的鸟

用终日的劳碌

不断地喂养子女出飞

如今，姥姥早已作古

母亲也在几十年前就离开了人世

只有饱经风霜的七姨活着

八十岁的一朵残菊

依然是那个瘸子男人

手中离不开的拐杖

农历七月十五致父亲母亲

在这个肃穆而温馨的夜晚

在十字路口

我点燃冥币

让那腾空飞动的火焰

照亮冥间通往人世的路

对父母来说

这是一座陌生的城市

尽管父亲曾经来这里就医

几十年过去

已全不是昔日的样子

母亲压根就没来过

她一生去过最远的地方

就是北安五大连池

温泉可以治病

可阎王还是带走了这个

世界上最善良的女人

两个老人

一个在梨树一个在龙江

儿子十分惭愧

到现在还没让你们

在另一个世界里团圆

我已在福山

为你们买下一块墓地

我会择日接你们过来

在这座城市东南

最美的地方相聚

父亲，母亲

俗间把今夜叫作鬼节

可儿子从不害怕

我只盼你们收到纸钱

快点儿买票回家

那 个 冬 天

那个冬天
雪大得让雪感到惊奇
一场接着一场
还未来得及展示它的洁白就被另一场大雪覆盖
原野道路村庄无法辨认
连房门也常常在夜里被大雪封住

这样的时候
父亲总是从窗户出入
跳出去用铁锹铲雪
从房门到院门
一条长长的通道
两边是冰冷洁白的雪墙

父亲从自家的院子
挖到邻家的院子
一家一家

街上便聚集了很多男人

他们连说带笑不断向前推进

村庄就这样在大雪中醒来

开始新的一天平平淡淡的生活

母亲开始用备好的柴草生火做饭

屋子渐渐变暖

饭桌已放在炕上

一壶酒坐在火盆里

等父亲回来

冬　捕

一场大雪过后

河水便开始封冻

大雪总是和北风搅在一起

雪过风停

黑河就成了草甸子上

一座长长的玻璃房子

河水在冰下流动

鱼儿在水中自由地畅游

父亲和他的朋友们手握冰钎

寻找开凿的位置

他们管这叫作冬捕

河面上开启一个个天窗

鱼儿们争相来这里吸氧

父亲在水中置下用柳条编成的笼子

然后蹲在雪地上和大家一起抽烟喝酒说笑

等待天黑时带鱼儿回家

这样的捕捞

十有八九会有收获

一条条小鱼在笼子里

活蹦乱跳

可刚刚出水就冻成了"标本"

冻鱼一条条放进筐里

回到家再埋进雪里

父亲从来舍不得用它下酒

他要把它们积攒起来送到集上

去换取年货和一年中的酱醋油盐

冰河的记忆

冰雪覆盖了黑河

整个草甸子随处都可以是路

父亲赶着他的马车

那哗啦哗啦的铃声

直到今天仍在耳边回响

我们要到对岸的扎兰屯卖粮

那是一个有国储粮库的镇子

镇子上有家饭馆

那里有我一生中

吃过的最好吃的馒头

车上的粮食是集体的

粮食卖了钱要交公

那是全村子人的血汗

没有人可以独吞

父亲披星戴月

一天可赚到一块五角的补助

一块五角钱可买十五个白面馒头

他用五个抵御寒冷

另十个就成了全家人的点心

那一次我执意要与父亲同去

老北风咬伤了我的耳朵和脚趾

马在冰河上受惊

险些夺去我和父亲的性命

父亲将我紧紧搂在怀里

他额头上流出了血，鲜红鲜红

倪　赫　鲁

他应该是我的同学

皮肤黝黑身体强壮

九岁那年，在一个有着暖阳的冬天下午

一架没有牛的牛车

轧去了他的一条腿

他的父亲为他做一根拐杖

他用一条腿跳跃着上学

他的书包很大，像钟摆一样

在脖子上悠来荡去

上课时他从不认真听讲

眼睛望着窗外

若有所思

他说他最大的梦想

就是走出山去

看看山那边到底是什么

我们每天上学下学

看他在家和学校之间单腿蹦跳

没有人在乎他的想法

也没人愿意听他诉说

他一直坚守着他的梦

直到后来我随父亲离开故乡

四十年没有音讯

可四十年中我会常在静默时

想起他手托下颌

注目凝思的样子

仨 小 无 猜

故事从一条成语开始

我要改两小无猜为仨小无猜

因为童年时有两个异性伙伴

她们就像我的两只鞋子

我们仨人同一年出生

住在同一条街上

三所房子一字排列

我家的一条狗护着三个院子

三位母亲把我们三个一同奶大

我们常在一铺炕上睡觉

在一个院子里玩耍

还时常管一个女人叫妈

我喝过三位母亲的奶水

我被三位母亲疼爱

直到母亲把我的头发剪短

我才知道她俩是女孩儿我是男孩儿

那时乡下没有玩具

我们的游戏就是过家家跳格子

我是男人自然要扮演丈夫

她俩争相做我的妻子

后来我们一起上学

我开始为开裆的裤子害羞

可她俩却全不在意

放学路上依然拽着我的胳膊

我们一同走出童年

一同踏上坎坷的人生之路

天南地北几十年未曾相见

可我总能想起那两张小脸上四汪清澈透明的潭水

踏上故乡的土地

踏上故乡的土地

儿子说他心里感到踏实

他知道了我是怎样从这河湾起步

一路上经历了多少坎坷

故乡的春节

原野上随处都是冰雪

野兔和山鸡的脚印里

温暖着童年的梦

走出贫穷

走出苦难

走出这片埋葬亲人的黑土

在父辈向往的城市

开辟一片新的天地

我拼命地读书

书让命运改变了自己

我努力地工作

坚信没有耕耘就不会收获颗粒

如今，我和儿子一起回乡

故乡让我有了太多的感激

是饥饿让人懂得温饱的可贵

是苦菜的味道

让人珍惜生活的甜蜜

儿子的感觉是对的

故乡是真实的

有这片黑土就会有富足的粮食

有故乡这份深沉的爱

精神就永远不会饥饿

站在父亲的坟头

站在父亲的坟头
我的心忽然变得很暖
眼睛却变得很酸

父亲你孤苦的守在这里
守着祖先开垦的土地
这是儿子的不孝啊

祖父留在远方
祖母留在远方
母亲留在远方
你们已同在一个世界
却不能团圆

我在我的城市
为你们预订了一块墓地
可我不知道你是愿意进城

还是愿意留在这里

这是生养你的地方

也是我成长的地方

站在冰雪里也能感受到

这方土地的热啊

连凛冽西北风也饱含着温情

父亲，明年

我一定让你们团圆

无论是这里还是那里

只要灵魂不再孤单

随处都是天堂

故乡那座桥

故乡那座桥

当我再一次踏上它

就知道自己已经老了

这些日子老是做梦

梦见一排排土坯房子

梦见桥头河湾里开着黄花的野菜

年前就对儿子说

我想回老家看看

看看当年放牧童真的沙滩

看看当年一起摸鱼打鸟的伙伴

还看看家族中的长辈

他们的蜡头已经不高了

再不回去恐怕就再无法感受

他们生命的光亮

桥依然拱着隆起的脊背

驮这方土上的老老少少过河

驮远方归来的游子回家

站在桥头

就看到了袅袅飘起的炊烟

那仿佛是当年

母亲手中挥动的围裙

一切都已成为过去

没变的只有这座老桥

夏日我曾在这座桥下躲雨

河水差一点儿冲走了我的书包

我还在桥墩上

写下过童年的梦想

还在桥面上

画过村子里

漂亮善良女孩儿的头像

故乡的桥啊
你给我留下太多太多的记忆
当我再次驮在你背上的时候
你可还认得
当年在你身边放猪的孩子

耕 读 小 学

耕读小学就在我家的东院

那里是兽医给牛马看病的地方

两间房子一间装满药品

另一间就成了我们的课堂

石头和泥土再加上细草

垒成长桌和长凳

我们的童年在茅屋中成长

一个老师十几个学生

朝迎旭日晚送斜阳

有时也与风雨为伴

没有伞更没有遮风的斗篷

冬天里我们用体温互相取暖

挤在墙根下每个人心中都装满阳光

破旧的书包里不仅仅是文具书本
还有全家人的嘱托和期望

四十五年过去
童年的梦仍飘荡在故乡
听说那座房子已经拆掉
我们玩耍的院子里长起一片白杨

那个冬天的一盆火

那只火盆

是母亲用废纸和布条糊出来的

缠上线麻糊上黄泥

再用玻璃瓶子慢慢碾压

火盆装上炭火

日子便开始在火盆上烘烤

一双手又一双手

捧着飘雪的冬天

火盆让生活有了温暖

土豆埋在火里

酒壶坐在火上

黄昏时分满屋飘香

那是1965年的记忆

我应该是一个六岁儿童

祖父祖母去世不久

那只火盆帮全家人驱寒

那只火盆

让那个冬天一直很暖

我每天晚上都望着房梁上的玉米种子

和它们一起做着春天的梦

母亲的辫子

我确信母亲是梳过辫子的
两条辫子又粗又长
那里编着她的心事她的梦想
在她瘦弱的背上摇晃

那是柴火烧不热炕的岁月
锅也时常吃不上粮食
老鼠为了活命白天里四处乱窜
和房屋的主人争食菜根

母亲每天用清水梳洗她的头发
也梳洗水一样流动的日子
然后再把它编起来
日复一日一丝不苟

有一天她把她剪了
卖给了挑挑卖货的货郎

换回二十枚5分的硬币

还有一包大石头牌火柴

母亲没了又粗又长的辫子

她每天梳洗齐耳的缺发

那一包火柴派上了用场

整个冬天都靠它来温暖寒冷的家

母亲在那边我在这边

今天又是母亲离去的日子
四十年前那一汪泪水
又一次在眼窝里涌动
我无法向母亲倾诉思念
母亲在那边我在这边

这边的日子越来越好
我在一座叫作长春的城市里
住着宽敞的房子
坐着公家配备的车子
还有一个聪明听话的儿子

我有一份称心如意的工作
我有一群情同手足的朋友
我在这里快乐的生活
这座城市就像一个幸福的家庭

可这个家中缺少一份温暖

在这个家里我找不到母亲

我多希望推开家门看到她的微笑

抑或听到她心疼的责骂

母亲在那边

母亲在北大荒遥远的山里

那里现在应该正在下雪

大雪迷失了所有的道路

但却无法覆盖我今夜的乡愁

我记得那条河叫作黑河

龙江是黑龙江省的一个县

一边挨着吉林省的镇赉

一边挨着内蒙古的扎兰特旗

三省交界的地方有座双龙山

那里埋着我的亲人

也放牧着我的童年

山前是一条大河

河的两岸是宽阔的草甸

春天里最先冒头的是草

伸出耳朵听冰雪融化的声音

野花也一朵一朵来凑热闹

引诱鱼儿上岸

草甸上面有许多鸟

它们常年在这里安家

冰雪覆盖住整个大地

它们依然不走飞到树上

变成冬天里会唱歌的叶子

春天来了鸟儿开始忙碌

谈情说爱筑巢下蛋孵崽

当一张张黄色的小嘴仰天歌唱的时候

河水沉醉脉脉含情

晚风吹送着五月的香和暖

我常常一个人到河边玩耍

用没有诱饵的鱼钩钓鱼

在沙滩上写字画画

有时运用沙子建造房子

幻想那是自己的宫殿

我的梦想常常被河水和雨水冲垮

可我又始终不肯放弃

等到又一个冬天来临

被父亲强行带离山坡上的村子

大雪淹没了我童年的足迹

我记得那条河叫作黑河

在大黑山和双龙山脚下由西向东缓缓流过

它流向哪里我不知道

但我知道它一直没流出我的心窝

鹊桥上的父亲

又一个鹊桥相会的日子里

站在父亲冰冷而温暖的墓前

我突然有一种莫名的感动

那个一生与牲口为伍沉默寡言的关东汉子

原本内心也同样充满浪漫

不然，他为什么会

选择这样的日子匆匆地赶往天堂

那时我不懂得人世间情为何物

甚至面对死亡也没有任何恐惧

一群乡亲坐在炕上蹲在地下

默默不语面无表情

他们嘴里吐出的烟雾

让躺在尸床上的父亲十分安详

他还没有咽气只是奄奄一息

从早到晚

一直有几只喜鹊在房前的树上鸣叫

它们飞来飞去久久不肯离去

直到黄昏降临夕阳将炊烟镀亮

才带着父亲的灵魂一起飞走

那一年父亲只有四十七岁

论年龄现在应该是我的兄弟

那一年母亲离开他正好五年

五年的相思已经到了极限

五年中病魔没能让他流过一滴眼泪

五年后，为了爱却让他视死如归

今天是他的祭日

我带来一束鲜花送给鹊桥上的男人

还带来一瓶好酒他曾经的爱物

就在这山岗之上

就着新秋里明媚香醇的阳光

一人一半

一饮而尽

寄 向 远 方

寄向远方

我要寄老祖母的故事给故乡宽展展的大道

那故事从纺车上纺出来

我便认识了脚下的那座山了

那线线儿响着马帮的铜铃狼狐的嘶叫

那线线儿飘散着老洋炮的股股药香

那线线儿纺成故事祖先们的血

就染红了祖母的情感

她每天都揭几张脚印给我说这就是你的书

那遥远的山路呦

寄向远方

我要寄还画片上的风景后生们的骄傲

寄还那未加演绎令人心忧的真实

推土机隆隆

压路机隆隆

之后就是一道彩虹被乡老剪断

一条大道伸出故土在报角上抻长

之后就是迎亲唢呐

就是充满童气的丈夫们开着轿车去接新娘

之后就是光腚时的伙伴们

拼成玻璃窗上的大红喜字

他们就要当上祖父或者外公

他们期待着远方的我给他们道个喜庆

寄向远方

寄上我姗姗的泪水殷殷的期望

期望荒草中的山路

再抖祖先神威招回失散的乡魂

期望父老不要再迷于金钱的绿日

让生活的担子将孩子的背影压驼

期望耕小的大门再展小屯风姿

期望童年的土桌长起棵棵栋梁

期望那条宽阔的乡间大道

走来的不是一个穿着马褂的年轻绅士

背　影

那是岁月压驼的背影

那是从朱自清笔下

走出来的背影

不是三十年代南方的小站

而是关东山镇

最热闹的一条小街

这一次不是送别

那背影也不是

我做小本生意的父亲

那是一只任碎不沉的酒葫芦

是有姓没名的老山树

是三岁娃儿都认得的老跑腿儿

雪里

雨里

跑了大半辈子没跑出这座山

酒壶里倒出的是泪

肚子里喝下的是辛酸

以酒为伴
一年的汗水换不回一年的酒钱
关于老婆也曾想过几次
可相好的只能搂在梦里
白天见了
总得绕一个大大的弯儿

后来就躲到这集上来卖货
卖花生瓜子
卖大蒜黄烟
有一年还卖起针头线脑来
于是，那条线儿
就又把它缝进我的故事里
故事是他讲的
讲的就是他

他说有钱有酒不算富

他说有屋没妻不算家

没有女人

窗子永远也擦不亮

没有女人

炕烧得再热也不解乏

于是，他就后悔不该逃出那场梦

后悔那个月夜骂走了她

幸亏她心里只有这压驼的背影

不然在这街上

就再也不会找到她

他们结婚了

也有一个

忘也忘不了的洞房红烛夜

也学着看电视的样儿

嘴对着嘴

亲出了满街的笑话

讲着他和她

小街上留下他的背影
我心中走进一座白玉雕像
故乡对于我
又有了新的注释
黑夜里再不会
有昨日的那份忧愁

河　滩　上

衔着新柳做成的口哨
我又吹起童年的歌
儿时，就是这样
把心中的秘密告诉给
这条清澈的小河

我曾憎恨那慢悠悠的木犁
偷偷地打碎犁铧的耳朵
我曾同情受苦受累的黄牛
悄悄地解开拴它的绳索

我曾放走爸爸网住的鱼儿
让它回到那自由的王国
我曾偷走家里的小米
去喂养河滩上飞来的白鸽

我曾把憧憬画满沙地

我曾把泪水流给花朵

我曾把爱交付给河边的沙柳

我曾把恨发泄给庙里的泥佛

如今，岁月的尘沙

虽已将我的童心埋没

然而，那顽强的生命

并没因此窒息，仍然

跳得蓬蓬勃勃

我知道我该

怎样把它寻找啊

面对着金色的河滩

皎洁的明月，和这

一排由小变大的脚窝

那温暖的冬天再也不会属于我了

这是早上九点钟

阳光穿过窗子斜斜地照在脸上

这是入冬以来

我第一次这样懒懒地

躺在对往昔的记忆里

拥着软软的棉被

仿佛又嗅到了麦秆和稻草的芳香

一驾马车咕噜噜从身边辗过

车上的妹子正轻声哼唱着

《冬日暖阳》

那是没有爱情的年代

那是充满心事的年龄

正午的阳光任风翻来翻去

有几只鸟

正栖落在草垛旁

光秃秃的树桩上

血，在脉管中奔涌
梦和太阳在一起燃烧
我知道，那个温暖的冬天
再也不会属于我了
因为，我已远离了那片土地
远离了生我养我的故乡

灯影里的冬天

这些年来

每当夜深人静的时候

那盏如豆的煤油灯

都会在眼前晃来晃去

母亲坐在灯下

捉我棉袄里的虱子

窗外

北风在屋檐下徘徊

像一个犯了错误的孩子

不敢推门进屋

雪花拍打着窗户

雪人在屋外静静地等我

黄狗趴在窝里做梦

花猫把我的胳膊当成枕头

远处偶尔传来一两声吆喝

那一定是流浪的牛

误闯了谁家的院子

墙上的挂钟铛铛响过

母亲打了一个哈欠

伸出手给我拉了拉被角

就下地去给灶坑添柴

炕，很热很热

被窝很暖很暖

还有那盏煤油灯

一直在不停地晃动

照我度过无数个寒冷的冬天

父亲的鞭子

父亲是赶车的把式

他手里总是握一杆长长的鞭子

甩起来叭叭作响

就像是一道道霹雷闪电

可他从不用它抽打马匹

鞭声是他和马匹交流的语言

马儿有时也把它当作音乐

在山路上一次次撒欢

当然

鞭子也有暴怒的时候

它会把雪花抽落

会让闯进马厩的豺狼流血

父亲走了

那根鞭子作了他的陪葬

在另一个世界

它仍握在父亲的手里

我在梦中听过它特有的声音

今天是你的祭日

母亲，今天是腊月初九

今天是你的祭日

你的儿子在一座

你十分陌生的城市给你邮寄纸钱

你一辈子贫寒

住在故乡的茅草屋里

睡着时热时凉的土炕

穿着褴褛的衣裳

母亲，你太苦了

你把嚼在嘴里的饭

送到儿子的嘴里

你把你的小棉袄

盖在儿子的身上

你宁可自己挨饿受冻

也决不肯让儿子受屈

菜花黄的时候

一群群蝴蝶飞来

儿子和蝴蝶戏闹

你却躺在地垄头睡了

远房亲戚有了难处

昨夜，窗外的星星

一直陪着你熬到天明

母亲，你不只是

你亲生骨肉的母亲

这个世界上所有认识你的人

都是你的亲人

你把米借给他们

你自己吃糠咽菜

老话说，好人不长命

你真的抛下了你的儿子

顾自走了

走了，大雪为你送行

走了，雪地上留下

你永远的背影

你去的地方我不知道有多远

但我知道一路上要花很多钱

今夜我把所有的祝福

都和纸钱一块给你送去

愿你从此以后永远富足

母亲，我善良年轻温柔的母亲

我永远四十二岁的母亲

门前那条河

门前那条河

流过故乡八十里草甸

流过母亲守望的日日夜夜

流过我的童年

乃至整个生命

我身体中的每一根脉管

都变成了它的河床

无论走到哪里

都会感受到水流的激荡

我喝着故乡的河水长大

那条河是我们共同的母亲

她不仅喂养着我们的身体

还喂养着我们的灵魂

河水清澈

昭示母亲善良的心地

河水湍急

象征母亲不屈的性格

我在那条河中学会游泳

学会在困境中如何泅渡

特别是在恶浪打来的时候

如何把自己变成

一块不被冲走的石头

那条河仍在故乡流淌

那条河已将我彻底改变

我多想再一次扑进她的怀里

做一条永远自由的鱼

母亲的村庄

母亲一直守在那里

守着她生养儿子的地方

门前的那条河

流了多少年了

水面上仍然映衬着

是她青春的面庞

她孤独地守着

守着她出嫁时迎亲的那驾马车

车夫不是别人

是走进洞房的

那个一生都沉默寡言的男人

他们恩恩爱爱

他们打打闹闹

一床被子温暖一家老小

灶炕和火盆

在最艰难最寒冷的日子

总是很热很热

母亲不认识汉字

母亲却懂得什么叫作美德

她在夜里悄悄流泪

却从不肯将满肚子苦水向丈夫诉说

微笑是家门上那副对联

年年在她脸上写着

她生过十个儿女

现在只剩一个女儿和两个儿子

那些都先她走了

三十九年前就在另一个世界与她团聚

她在黑龙江省龙江县

一个叫作双龙的地方

守着她的村庄

她说那里是她

也是我灵魂的故乡

我离开母亲

离开那个村庄已经好多年了

我也早已做了父亲

可我无法忘记母亲

无法忘记那个黑河岸上的村落

无法忘记喂养我长大的乳香

母亲那柔弱的手指

是早春拂在脸上的阳光

母亲那瘦小的胸膛

是温暖我一生的火炕

母亲守着她的村庄

母亲守着我的故乡

我多想再一次走进她的草屋

可我不能，此刻

正在别人的城市流浪

母亲，原谅我吧

原谅你不孝的儿子

他没有忘本

他永远属于你

属于你守护的那个村庄

沉默的父亲

沉默的父亲
不是罗中立那幅著名的油画
沉默的父亲是摇着鞭杆赶着牲口
走在大山雪岭上的东北汉子

父亲一生没离开过土地
父亲一生只流过一次眼泪
不是儿时受到了屈辱
也不是父母下世时的伤悲
那是他看到
他十二岁的儿子当了猪倌儿
他说：儿子，爹对不起你
于是泪珠濑濑下落

父亲有句名言
但绝不是男儿有泪不轻弹
他说，男人的眼泪不是尿

想撒就撒

说完，他就再也不开口了

父亲只会用心做事

父亲只会用鞭子说话

爱他的有家人亲人还有乡亲

怕他的不只豺狼虎豹

就连山上的石头

也会担心在他的鞭下开花

父亲是一个孤独的男人

父亲没有兄弟姐妹

父亲最爱的是她的父母

为了孝心

他把自己变成院子里的一棵树

父亲不会结交朋友

父亲一生的知音

就是那群陪伴他的牲口

那是他的兄弟

他们有着任何人都无法理解的默契

父亲深爱着他的女人

当然，那是我早逝的母亲

可他从来不会表达

他只会为她静静守灵

父亲是一块无字的石碑

在他死后我才开始释读

可惜我没法读懂

他太深奥

他身上有太多太多

常人无法理解的事情

父亲也抛下我们走了

可每当我遇到困难的时候

都是他默默陪我

我听不到他的声音

我却能看到他那坚定的眼神

他仍然赶着他的车马

他仍然在用鞭子说话

他把车辙铺展成

最美的诗行和最深刻的警句

告诉我：太阳明天还会升起

路永远在自己的脚下

愿 得 秋 风

愿得秋风

捎一串橙色的歌谣挂在寂寞的窗下

唱红辣椒串成的玛瑙项链

唱酒碗里摇摇晃晃的马车

唱时代的触角

在乡野的蓝空中疯狂生长

唱女孩们把爱变成钥匙

投进信筒去开启远方的门锁

愿得秋风

吹黄犬声声入梦

吹炊烟袅袅

吹乡韵柔柔

吹日子红红火火

吹父老乡亲

岁岁平安

愿得秋风

我在秋风中认识了那片黑土

认识了黑土地上生长的茅屋

认识了褐色的皮肤认识了温暖的胸怀

认识了慈祥的眼睛认识了喜悦

认识了骄傲认识了纯正的乡音和古朴的乡俗

愿得秋风

我骑在秋风的背上慢慢长大

我做了故乡不孝的子孙

我变成一片叶子随风流浪

我的根依然

我的爱依然

永——系——故——乡

愿得秋风

我欲驭风远去再饮一杯乡间的老酒

醉卧都市定能寻回童年的自由

坐上牛背，赶着夕阳

极目是黄澄澄的海

肩头是沉甸甸的秋

又 梦 故 乡

又梦故乡

在雪蝶压满枝扑打窗棂的温馨之夜

有种柔柔的声音在枕畔萦回

声声道着祝福

声声唤着我乳名

远处，一片高高的杨树绿染云头

那声音就来自树下横卧的土屋

又梦故乡

故乡已化为风景挂在都市

斜支的吊塔是母亲挥别时

姿势的永恒

没有温热的泪水

也没有叮咛敲打冻土

目光柔柔如被

又梦故乡

小米饭颤巍巍捧在母亲手

里

一盘香喷喷的狗肉

一把锈斑斑的锡壶

土炕和方桌仍在耐心等待

等待她野菜喂大的儿子

品尝渐渐茁壮的生活

又梦故乡

梦是一本彩印的袖珍日历

装进口袋

贴在心窝

夜夜涂有新色

页页写满相思

我的故乡——母亲

我的母亲——故乡

河边的童话

因为一个美丽的过失

父亲不再让他

到河边去了

在那放牧着

羊群和童话的地方

浮动着一顶

焦急的草帽儿

草帽儿

在她眼睛里晃着

绣花针

把她的手指刺破了

那鲜红的颜色

染在布上

多像他小时捉的蝶儿

至今还在本儿里夹着

她想去找父亲

把那件事儿挑明了

也许爹会点头

那，是件正经事儿

小河旁有一本书

爹不是说了吗

也要跟书上学

栽几棵苹果、鲜桃

太阳被羊鞭赶进暮霭

星星从井槽里蹦出来了

她把门响响地关上

又悄悄，把门栓往回一挑

月光，正通向

河边的小道

烦　恼

庄稼人不懂烦恼
却也有烦恼
烦恼，像根草棍儿
支着眼皮几天睡不着

天遇连雨地难铲
锄板不到草欺苗
人要吃饭地要肥
如今这肥
可真难跑

进城，倒也有路子
路多只愁礼太少
送鸡心疼正下蛋
送一把儿黄烟
唉，又太薄

最恼

还是孩子的事儿

媒人天天上门泡

婆家送来订婚礼

她却死说年龄小

哎

儿孙自有儿孙福

当家自有当家恼

家事好似天上星

夜夜琢磨不见少

烦归烦

恼归恼

哪说哪了年头好

早晨锄杆儿扛上肩

烦恼早随风儿跑

常言道

要想发家全靠算

人勤何愁家底薄

抬头日子上坡路

天上的太阳比山高

春天的早晨

鱼儿打漂

吞食了水面的星星

雄鸡报晓

惊破了山乡的春梦

晨光伸出手臂

拉开一家家柴门

霎时，失去了夜晚的安宁

犁把的草帽上

落着调皮的蜻蜓

是谁，还喊几句

乡间流行的小调儿

那声音，使人想起了

已经喑哑的钟声

乡村的早晨呦

连孩子也知道春时的金贵

蹲在灶下为母亲填柴

挥起炊烟的彩绸，迎接太阳初升

·我的城市·

长春要为中国安上无数只轮子

当年，毛泽东主席

在长春为中国一汽培上第一锹土

这片玉米大豆高粱的土地

便开始生长汽车

第一辆"解放"上路

第一辆"红旗"进京

土生土长的庄稼汉

神奇地让钢铁和人一起呼吸

那一只只

钢铁和橡胶做成的轮子

让路越轧越长

让中国越跑越快

欧洲八百年

美国二百年

日本一百年

中国三十年

财富坐在时间的车上

驾着长春生产的轮子

疯狂追赶

引进德国大众

引进日本丰田

五十岁的卡车年年改型

一年一百万辆轿车下线

长春要为中国安上

无数只轮子

长春，一座年轻的城市

长春，一座年轻的城市
年轻就和
生活在这座城市里年轻的市民一样
充满着活力和激情

年轻就从不瞻前顾后
年轻更不在乎山重水复
我和它都相信只要朝着太阳奔跑
总会柳暗花明

年轻，就是资本
和风较一较脚力
这不仅仅需要速度
有时更需要意志和韧性

年轻，没有太多的回忆
年轻就对未来怀有无限憧憬

未来是一棵立在远方的树

召唤着我

召唤我年轻的城市奋力前行

长春的春天

长春的每一个春天
都是从丁香花开始的
从人民广场到南湖公园
到许多说不上名字的大街小巷
丁香花香透整个春天

丁香花占据了城市的许多角落
春天占据了丁香花的每一个花瓣
长春的春天真美
就像长春女孩儿
在春天里刚刚穿上裙子

春天乍暖还寒
丁香花开得格外鲜艳
街路是温馨的
庭院是温馨的
长春的春天

是坐上花车的新娘子

长春的春天很短
走进五月转眼就到了夏天
长春的春天很长
就像那些不老的丁香树
春天一直挂在枝条上
南风一吹
就绽放出美丽的花瓣

净 月 潭

净月潭

不仅仅是山中的一汪水

水边还有一片森林

一百平方公里啊

一片林涛涌动的绿色海洋

树是长春人一棵一棵栽的

七十岁八十岁的老树已经历尽沧桑

它们经常对小树讲述过去

讲述长春这座城市的成长

它们安详地在这片土地上生活

沐浴雨露

沐浴阳光

和水中的鱼林中的鸟在梦中飞翔

可一棵树也没有飞走

它们迷恋木草的优雅

迷恋花朵的芳香

特别在这冰消雪化的季节

迷恋蓝天中长长的雁行

夏天

整座城市都来这里消暑

来吸取潭水的灵气

来感受群山的安详

来到这里

树和森林就会陪着你走

走过绵绵细雨

走过红叶秋霜

走过皑皑白雪

直到地老天荒

十三棵银杏

在市委大院

我让人栽下十三棵银杏树

银杏树千年不倒

希望千年后的子孙

能把这十三棵银杏

当作这座城市不朽的史书

读祖先如何从关里来到关外

读父辈如何在黑土地播种幸福

读生产粮食的地方

怎样长出城市、钢铁和汽车

读文明的长河为何会万古不枯

读长春为什么叫作长春

读一代又一代人心中的祝福

读长春为什么宽容大气自强不息

读中华民族血脉相连

顽强坚韧永不服输

读母亲河的无私

养育八方儿女

读黑土地的厚重

孕育出长春这颗千年明珠

十三棵银杏

已在风霜雪雨中度过四个寒暑

它们长得十分健壮

就像所有来自天南地北的长春人

深深地扎根于这方热土

一盏灯点亮一个世界

夜长春很美

一盏灯点亮一个世界

星空暗淡

每条街路

都变成一条彩色的河

冬夜因灯光不再寒冷

夏夜因明亮不再寂寞

爱情不再躲躲藏藏

夜莺和蟋蟀

一起在树木、花丛中唱歌

店门越敞越大

广场上的人越来越多

咖啡飘散满街香味

诗人不再满足

书房里枯燥的生活

往日那些黑暗的楼道

让脚睁开了眼睛

恐惧没有了

妇女和孩子

挎包、书包里装满欢乐

还有那些

被年轻人占据的公园

灯光常常缠住恋人的脚步

一个长吻

竟能让深沉的天空

羞出绯红的曙色

一座城市的夜晚

出租车

在大街上疯狂地奔跑

瞪着血红的眼睛

像饿狼一样四处找钱

小酒馆在热闹之后

开始渐渐地冷清

收银员计算着一天的流水

老板娘连连打着哈欠

商店大多已经关门

霓虹灯闪闪烁烁

偶尔有一两个行人驻足

看一看橱窗里的模特

二路汽车

四路汽车

八路汽车

停下，又开走

车站没人等车

这是晚上十点钟

乍暖还寒的时候

在长春我居住的地方

信手记下这些景象

伊　通　河

伊通河，长春的母亲河
这是一条很小很老的河
恐龙时代就横亘这里
过往的龙群和那些已经消亡的动物
经常在河水中洗澡唱歌

它流淌了几万年
一直没流出东北这片大平原
不是它不向往远方
也不是它缺少勇敢
是它对这片土地充满了爱啊
一草一木总是梦绕魂牵

它从长春这座城市流过
它是这座城市割不断的血脉
它为这座城市的一砖一瓦
一块石头都赋予了灵性

它让这里人和树木花草

充满活力和光彩

它冲走无数苦难

它洗刷无数屈辱

沙俄的长枪日本的大炮

都无法让它屈服

岁月留下的血痕

更无法抵挡它激情的澎湃

我经常站窗前

俯瞰这条古老的河流

多希望是它水中的一条鱼啊

睡在城市的心脏里

时刻感受母亲的心跳

坐在城市的客厅里

总感觉净月

是长春这座城市的客厅

无论你坐在任何角落

抑或只在窗前落一落脚

都会感受到它的豪华和气派

城市一隅

朝向太阳升起的方向

一片一百平方公里的绿色空间

蓝天白云青山碧水

无限的宽敞而且明亮

一年四季风光如画

春花秋月扑朔迷离

一片片黑松林一排排白桦树

年轻的紫椴古老的山榆

奔跑的树木让你永远目不暇接

一潭碧水是一扇明亮的窗子

一潭碧水也是一碗清香的茶

冬天的瑞雪夏日的繁花

置身于这样的人间仙境

没有人能不为之陶醉

今夜，秋高气爽

我和我的城市在这里置酒宴客

无须丝竹无须管弦

只需微醺之后窗前静立

赏山中明月听潭边鸟唱虫鸣

森林高尔夫

我不敢说

这是世界上唯一的一片森林球场

敢说这是所有球手向往的地方

长春净月

温馨而洁净的名字

群山之中森林环抱

茵茵草地是一张巨大的壁画

任何一个球手

踏上去都会变成流动的风景

白云蓝天

风从树林中吹来

夹带着甘甜和潮润

目光所及

是望不到边的绿

只有沙滩围住的一汪清水

阳光下

时而波光闪闪

时而一片湛蓝

来到这里

雕像也会激情澎湃

情随心动

一杆挥出球飞如鸟

奔向树那边的巢

太 平 钟 楼

净月潭边

小山极顶

太平钟楼是百里森林中

最高最大的一棵树

楼上警钟高悬

有如沧桑长者

伫立山头四处瞭望

守护着那一层层的绿

百里森林

几十年平安无事

这是这座城市的福分

钟楼功不可没

今日登临

击钟数下

愿长春七百五十万百姓

愿净月数不清的树木

永保安康

永享太平

蒲花绽放的季节

夏日的净月潭

是绿色森林中的一汪水

是我们这座城市

梳妆台上的一面镜子

潭水清澈见底

潭水深不可测

潭水环绕着森林

登山下望

活脱脱一弯弦月

蒲花七月

莺飞草长

一条渔船惊破潭水的宁静

野枭冲向天空

带去辽阔的远

潭边有一片沙滩

一个展示青春和魅力的地方

男人如松女人如藕

跳入水中

一群长出翅膀的鱼

远处碧波荡漾

近处荷花盛开

一位老者潭边垂钓

那一杆下去

不知钩住多少往事

在森林浴场里散步

好久没这样放松了
一个人与一群树木为伍
在森林浴场的石板路上漫步

阳光如雨
从樟子松的针叶上滑落
滋润着树下的草和野花

长春人有福
在城市中有这样一大片林子
一个森林氧吧一个巨大的肺

风从湖面上吹来
空气甜润而清新
吸一口神清目爽

走在路上可以抛却一切烦恼

人生百年，这林中的任何一棵老树

都可能比我们经历过更多的风霜和苦难

在 虎 园

虎入深山

净月这一片山就有了威风

看到一棵兀立着的松树

都会联想到老虎

那条强劲的尾巴

虎是围在园子里的

园子里还有笼子

笼子宽阔得可以跑车

人坐在车上

去看虎在笼子里悠闲散步

这是人类与自然的一次亲近

可我总感觉

人与虎都很紧张

尽管人在车上有说有笑

尽管虎在车下不慌不忙

但谁都没有放松警惕

人与虎近在咫尺

物种不同

心与心将永远无法贴近

飞翔的感觉

一场大雪过后

这片山林立刻空灵起来

雪落树上

雪落雪上

天地间洁白得空旷而辽远

每年这个时候

我都要逃离市区的喧嚣

逃离那些雪花一样纠结不清的繁杂和懊恼

来到山中和那些身披银甲的树木

一起来一次远足

寒冷有时并不是一件坏事

它可以让人紧张让人清醒

风雪之中脚步一刻也不敢放慢

有树陪着

但没人愿意变成另一棵僵冻的树

雪在脚下嘎吱嘎吱

有如一种来自天外的梵音

深沉淡远

伴随着风和树的呼啸

让人的心灵顷刻间纯净

最惬意是踏上雪板

从雪场的山上向山下来一次冒险

摒除一切杂念

俯下身躯收起雪杖

那感觉就像是在飞

致 管 树 森

世间确有一些奇妙的事情
一个人名字中有树有木
长大竟和森林连到了一起

管树
管森林
管这方土地上的百姓

你管的不错
树木枝繁叶茂
百姓幸福安康

还有林中的风景
林子外的城市
正和森林一起茁壮

其实，你自己也是一棵树

因为走进净月这片林子

已经日渐高大

注：管树森，长春净月经济开发区管委会主任。

光 复 路

光复路是长春的一条街
光复路是中国的一段历史

日本鬼子占领东北
清朝的皇帝当了傀儡

长春变成满洲国都
日本军人改行做了屠夫

天上下雨地上流
光复路洒满血泪仇

光复路连着伪皇宫
整天响着铁蹄声

感谢中国共产党

打败日本救危城

人民当家重做主

光复路上见光明

五十四街区

偶然路过五十四街区

忽然觉得这里的路有点窄了

一汽工友们的私家车

挤在路的两旁

就像当年人们站在路边看秧歌

车很安静

车睁大眼睛看路上的行人

都是小区里的住户

年轻人亲亲热热

老年人出出入入

不是买菜就是接送孩子

孩子们有时也要坐车

就坐路边停放的这些车

都是一汽自己产的

大众的速腾

轿股的奔腾

孩子们没见过这条路的过去

过去这里道路宽阔人烟稀少

这儿是城市的边缘

过了街区

再往前走就是大片大片的玉米地

冬天一片洁白

夏天一片碧绿

毛主席还站在那儿

一汽厂区正门

毛主席依然站在那儿

挥手、微笑

满脸的凝重和慈祥

我不知这是

哪一年立起的雕像

那时我很可能还在乡下

整天把他的像章挂在胸前

那是一个热血沸腾

意气风发的时代

毛主席号召人民革命

毛主席要领导人民保卫红色政权

要和国际帝国主义修正主义做斗争

要消灭国内的阶级敌人

一汽是中国汽车的摇篮

一汽的工友们

要永远和毛主席

和中国共产党站在一边

毛主席就这样站在了厂区门口

看工人们自力更生艰苦奋斗

看工厂一天天变大

看新车一辆辆下线

在整个中国

都撤去了神坛的今天

毛主席依然站在那儿

这是中国汽车人对他的爱戴

更代表着长春这座城市的坚定和执着

在红旗生产线上参观

每一次

陪着客人走过这里

心里都会生出几分自豪

红旗是中国轿车的长子

他在这儿一挥手

全国立刻跟上许多兄弟

车的形象一直在变

不变的是永久的威严

毛泽东站在车上

邓小平站在车上

一代代领导人站在车上

从一个年代检阅到另一个年代

中国一直

坐着这辆自主品牌的车

无论任何艰难险阻

都无法让它停下

从小红旗大红旗

再到今天的HQ3

马力越来越大

速度越来越快

当然，那独特的外观

也愈来愈加气派

大　解　放

在中国
每一条公路
都十分熟悉解放卡车
它满载着沙石、水泥、钢筋、木材
送往每座城市和乡村

楼，不断拔节
路，不断延长
还有那些
运往城里或山上的树苗
也不断长大、长高

解放自己也在变化
装的越来越多了
跑的越来越快了
形象也越来越威风雄伟了

它也走出了国门

但走得不远

地球早已经变成一个"村落"

不知它还犹豫什么

奥 迪 情 结

自从有条件坐车
换了三次依然还是奥迪
奥迪100、奥迪A6、奥迪A6L
车在不断升级
我的情感依旧

车对于人来说
就是脚下的一双鞋子
品牌并不重要
关键在于舒服

我喜欢奥迪的宽敞
喜欢它外形的大气
更青睐它配置的合理
工艺的精细和安全

特别是自己开车的时候

更感到这是自己创作的作品

其实我与一汽与大众一点无关

只是我也生活在

长春这座城市

我喜欢别人求我买车

我总是向他们推荐奥迪

他们说有那么好吗

我说当然

长春已让这一大众品牌

在世界上跻身于更高的轿车行列

陪施罗德在一汽大众参观

2004年12月7日
是严寒中一个难得的晴朗日子
德国总理施罗德先生
来检阅他们生产在国外的汽车

我站在迎接宾客的队伍里
紧盯着他那双波斯猫一样的眼睛
由傲视转为敬重和喜悦
不是因为他们设计的产品
而是他们的合作伙伴

一汽的老总谈笑风生
施罗德先生频频点头
国家陪同参观的领导
也不时地颔首微笑

那一刻

我突然觉得自己也高傲起来

为我的祖国

为我的城市

更为眼前这群挺起胸脯的

新一代中国汽车人

施先生说了很多动情的话

我不懂德文

只能从翻译那儿

感受到一知半解

今天

我和一群作家朋友再次来到这里

眼前闪现的不只是汽车

更多的是当年那开心的一幕

长春，叫一声心里很暖

长春，一座
坐落在中国北方松嫩平原
冰天雪地里现代城市的名字
叫一声心里很暖

这是一片远离冬天的热土
一代代来自天南地北的长春人
用热情，用友爱，建造起灵魂的广厦
迎风斗雪抗拒严寒

有人说这是一座最富人情味的城市
有人说这是所有寻梦者的家园
我要说，她更是一位伟大的母亲
用她博大的胸怀
为儿女撑起一方永远不塌的天

大辽国的旗帜随风远去

大清国的马蹄飘散成烟

一座辽金的残塔让人生出无限遐思

谁能想象，这座钢铁石头和水泥的城市

竟曾是放牧皇廷战马的草原

她是那样坚强不屈

她是那样智慧果敢

伪皇宫、鸣放宫、关东军的司令部

都能见证这座城市和日本侵略者英勇斗争的历史

民族大义薪火相传

这是新中国第一辆汽车下线的地方

这也是新中国电影的摇篮

"解放"卡车"红旗"轿车长春电影

给世界，给中国，也给长春这座城市

带来多少荣誉多少希望

更让这座城市的人民扬眉吐气挺直腰杆

长春在风雨中不断长高

拔节的声音兴奋着每一个长春人的夜晚

长春在阳光下不断变大

"净月潭"一百平方公里的森林

已变成市民和鸟儿休栖的乐园

伊通河在城市中央静静地流淌

从一个春天流进另一个春天

两岸的树木和楼房一同疯长

绿满长堤

让长春的春天时时灿烂

汽车为这座城市安上了轮子

科技为这座城市插上了翅膀

雕塑公园是全世界的艺术家为它设计的独有的名片

长春啊，我们的城市

将在这个春天里从我的诗中出发

去追赶一代又一代长春人的梦想

去迎接比辉煌更加辉煌的明天

长春，一座让人永远骄傲的城市

在中国的版图上

长春很小很小

它没有北京、西安、南京

乃至洛阳、开封古都的厚重

也没有上海、深圳、大连的现代与时尚

可就是这座普普通通的北方城市

创造出一个又一个人间奇迹

让中国和全中国的人民为之骄傲

中华民族五千年历史

封建帝制延续了多少个王朝

共产党、毛泽东带领苦难的弟兄奋起反抗

用枪杆在这座城市为它画上了句号

溥仪由皇帝变成公民

满洲国的皇宫记录下帝国主义滔天的罪恶

告诉子孙，永远不要忘掉

这座城市在炮火中涅槃

凯歌高奏红旗飘飘

新中国第一个汽车厂在这里落成

新中国第一个电影厂在这里筑巢

新中国第一批飞行员在这里上天

新中国第一个宇航员在这里起跑

这里是生长文明和科学的沃土

华罗庚、王大恒、蒋筑英

多少巨匠都在这里留下闪光的足迹

他们用智慧和汗水

改写了一个民族的历史

也因为卓越的贡献成为国家的英雄

导弹在西昌成功发射

是长春的科学家为它导航

嫦娥登上月球

是这座城市点亮了它观察世界的眼睛

还有这片土地生产的粮食

喂养大无数中华的儿女

还有这里特有的冰雪

为单调的世界平添多少风情

长春

镇守在祖国东北

中华人民共和国忠诚的儿子

作为这座城市的公民

你是我，是我们

是生活在这里所有百姓永远的爱啊

愿你像你的名字一样

阳光，健康，永远年轻

钱万成——著

钱万成作品选

地球两边

时代文艺出版社

目 录

与杜甫合影

紧拉着你的手
我们一起走进溪畔的草堂
今日无风
请不必担心你房上的茅草
会被刮到街上

站在你的对面
真想饮你一杯浊酒
只可惜你的酒葫芦
已空空荡荡

那我们就谈一谈诗吧
你一定会感到欣慰
因为寒士们已今非昔比
蜀中写诗的朋友们
都已住进了敞亮的楼房

游 鸡 鸣 寺

鸡鸣寺
没听到鸡鸣

鸡笼山
像一位苍颜的老人
把过去的历史
讲述给现代的南京
于是
北京的脚印
上海的脚印
重叠着印在
历史的石阶

石阶是完好的
棱角依然，苔藓青青
庙宇却不见了
隐进《辞海》

隐进《历史名胜》

我想起南朝肖衍

想起九层宝塔

和十大佛宫

当世兴隆

留给后人多少遗训

游　青　城　山

踩着别人的脚印
永远是一个后来者

想看新鲜的风景
就别怕付出许多

轻易看到的
往往最容易忘记

最难寻找的
才能记忆深刻

无论站在何处
拍照都是一种多余

真正的底片
当永远在心里印着

夜 宿 峨 眉

夜宿峨眉
路，迷失在梦中
山岚如画
野店竟是
一道美丽的屏风

有溪潺潺
有泉叮咚
树总是走来走去
叶子散落成
清潭里的星星

一碟野菜
一瓶蜀酒
忘形的是香客
醉倒的是山翁

道别无赘语

一揖送上行程

想它是祝福便是祝福

想它是珍重即是珍重

再回首时人无店去

眼前只是一座座山峰

闲 话 丰 都

鬼城无鬼
造鬼的原来是人

过鬼桥
走鬼路
进鬼门

冥府亦收钞票
兼及港币美金

世界真是荒唐
人亦是鬼
鬼亦是人

但愿这只是游戏
千万别弄假成真

武汉长江大桥

一条长长的扁担
一头挑着武昌
一头挑着汉口

龟山兀立
蛇山翘首
江水悠悠

谁言回天无力
天堑今变通途
风光美不胜收

桥头蓦然回首
几多历史故事
早已付诸东流

武侯祠随想

披上袈裟的
未必都能成佛

坐上王位的
未必都能治国

历史有时也开一些玩笑
是非功过
还要靠后人评说

望江楼上赠薛涛

在你当年吟诗的地方
我实在无话可说

千年锦江依旧
千年亭楼依旧
可那风已吹过云已流过
你的情笺在哪儿
是那青青的竹叶吗

我读不懂
我只感觉一种凄婉和悲凉
但愿这不是你唱给我的歌

乐 山 大 佛

不想说什么
就学会哑口无言

看倦了世上的风景
就半垂下眼帘

说得太多
有时会招来祸患

看得太多
难免没有忧烦

就这样似睡非睡
坐也安然卧也安然

就这样不声不响
沉默是一种永恒的威严

黄　鹤　楼

仙人乘黄鹤飞去
楼也张开了翅膀
但传说却长满叶子
年年都结出果实

崔颢曾经摘过一次
嚼出许多佳句
李白读了惊叹不已
后悔不该登临

一千年后
我又贸然造访
想不到故事已全然变新
仙人早改做商贩
专营风味小吃

黄鹤当然也在

只是不再破雾穿云

每天江边傲然伫立

以不泯的声望

招揽四海嘉宾

关于山峰的随想

凡有风景的地方

都有石头

但石头并不都是风景

关键是选准位置

就像枳与橘子

如果神女峰不在三峡

难说他会不会如此有名

如果在巫山的肩头

换上另一块石头

也同样会牵住游人的眼睛

生做山峰不必高傲

热闹过后总会有寂寞和冷清

生做基石不必懊悔

只要你有益于世

就会永远被人崇敬

歌 乐 山

树是竖立的长发
石是沉默的脸膛
读你，满眼的凄惨
读你，满腔的悲壮

江水滔滔
遥远的心音依然铿锵
山峰耸峙
不屈的头颅仍在高昂

勿言英雄已死，鲜血
闪烁着无限的光芒
勿言草木无情，怀念
在每个春天里生长

啊，歌乐山

你这不朽的墓碑

请允许我将这首诗

连同名字一同刻上

赤壁怀古

赤壁怀古
不是怀念那场战争
而是怀念吾师苏子
那个朗朗的月夜

小船泛在酒中
长江在他的脉管中流动
神游历史
船票便是
他那满胸满腹的真诚

那一夜他流泪了
不是为了鲜血
更不是为了生命
他只为这条江
不该流入那场人为的噩梦

面对赤壁

我不想与我的先人同叹

我要说历史仅是历史

江山依旧在

几度夕阳红

天 师 洞

一部用石头雕成的历史
铭刻着善良的愿望

妖雾压在石下
清泉映照祥光

天师安坐
剑眉高扬

正义自有正义的威严
邪恶终有邪恶的下场

造访千年古洞
我领悟了先人的启示

人生的路再长也短
历史的路再短也长

薛 涛 井

几多情笺

在这清凉的水中浸泡

舀来品尝

竟没有诗中的味道

是时间太久

使芳馨变淡

还是诗人只为赋诗

抛洒的真情太少

我问井边古槐

古槐沉默不语

我问滔滔锦江

浪花报我以微笑

呵，这千年古井

一个没法拉直的问号

三　苏　祠

三个人的文章

全部变成了门票

买来读了

竟是满眼的苍凉

暮春时节

莺飞草长

有朵寂寞的野花

开在古宅的瓦上

留个影吧

没有适合的角度

与先人比肩

坐也恐慌

立也恐慌

想百年故事

亦不过如此

苏门红火的时候

前来拜谒的

也许并非

皆是为了文章

题小萝卜头

生命自有生命的支点

生命的价值

并非在于

生存时间的长短

石存千载

依然为石

昙花一现

美，却留在人间

不是所有的树木

都需要开花结果

只要它曾经绿过

就没有辜负春天

等 待 佛 光

爬上三千米高峰

只为那一抹峨眉佛光

金顶顷刻间变小

目光一瞬里拉长

以欺骗等待欺骗

以善良渴望善良

远山迤逦

云海苍茫

古刹无语

风铃叮当

佛光本属乌有

普度众生的

原只是那轮

永远不老的太阳

白公馆题小萝卜头

生命的价值

并非在于生存的时间长短

千年之石

依然为石

昙花一现

却留下

美好的瞬间

不是所有的种子

都需要开出花朵

只要，曾经

有过一点儿绿意

它就没有辜负春天

赠 杜 甫

为诗而诗
诗便像货币一样贬值
只看草堂
不如默念一遍
你的名字

手写的历史
绝非真正的历史
以生命记录现实
才可称之为史诗

我不相信
这座公园与你
有何渊源
我只相信
这潺潺的溪水流过
你的血泪

茅屋为秋风所破

世界对你便没了温暖

登高远眺更忧虑那

破碎的河山

你在贫困中倒下

没想到会

为后来者创造富有

你在噩梦中醒来

没想到天空

会重现灿烂

来，让我为你

与今天拍照

无须任何背景

只取那支秃笔

和这张永远正直的脸

神 女 峰

你以你的神秘

让每一双眼睛着迷

爱美者体悟美

好奇者寻找奇

想要炫耀的

与你一同合影

附庸风雅的

将你嵌入诗句

其实，你只是一块

普普通通的石头

人们景仰的

不是石头本身

而是历史给予的名气

克里姆林宫花园

这应该是一个让人身心放松的地方

在高树和矮树之间有曲曲弯弯的小路

下午三点草地上一只鸟正在追逐一只松鼠

阳光从树缝间撒落一枚枚金币

闭上眼睛仿佛能听到它们滚动的声音

声音虽小却惊扰了一朵朵野花的梦

小路上看不到任何脚印

但我确信俄罗斯的沙皇、皇后

以及现在的总统都在这里走过

脚下还能感受到他们的足温

莫斯科河在花园外缓缓流淌

千百年来与教堂里那些不死的灵魂一起

始终守护着这里的温馨和宁静

我坐在一张长椅上歇脚

想象不出这曾是哪位花园主人的座位

钟声响起吹来一股暖暖的风

我被一尊雕像深深打动

这一刻我被一尊雕像深深打动
一个瘦小的男人一个高大的女人手手相牵
走向幸福走向快乐走向坎坷走向苦难

这个男人就是亚历山大·谢尔盖耶维奇·普希金
一个用生命演绎爱情的俄罗斯诗人
两只手握在一起就注定了他的不幸

美丽有时候是一个巨大的陷阱
没有人可以逃离春天花朵的诱惑
夕阳西下晚霞便是一片巨大的血泊

普希金就这样倒在丹特士的枪下
由诗人成为勇士成为情圣
让全世界所有的女人怀念男人仰视

在阿尔巴特大街53号那栋小楼对面
我用目光与这位诗人的雕像对话
不谈诗歌只讨论爱情

在麻雀山没有看到一只麻雀

在俄罗斯

在莫斯科大片大片的森林里

麻雀山是这座城市的绿色皇冠

在麻雀山没有看到一只麻雀

只看到一群群比麻雀还多的看麻雀的人们

叽叽喳喳操着英镑、美元、人民币的口音

麻雀山对面就是著名的莫斯科大学

哥特式大楼的金顶闪闪发光

这是九月的下午难得一见的斜阳

观景台已被小贩和货摊占领

他们用物品诠释着这个国家经济的复苏

套娃、破铜烂铁、苏联的邮票

难怪麻雀们避而不见

它们应该有着沙皇一样高贵的血统

怎么会在这样的环境中与外国游人见面

夏宫的下午

在这个阳光明媚的下午
夏宫是我背后的一把椅子
海风轻柔海水平静
偶尔，一只海鸥飞进眼睛

告别圣彼得堡都市的喧嚣
也卸去旅途的劳顿
我不想作一个匆匆的过客
好想做一艘泊在海湾中的船

脚下是这个国家厚重的历史
天空有几朵游动的白云
面对同伴高举的相机
僵硬的脸无法微笑

这里曾是瑞典人的土地
竟建造了俄国人的别宫

沙皇和皇妃就是站在这里

休闲度假指点江山

目之所及，不远处是一个小岛

那里停放着好多军舰

斜阳反照

冷艳的流光

让人感受到一阵阵刺痛

皇 村 中 学

在俄罗斯，在普希金城

皇村中学的名气绝不会输给夏宫

这是两个不成比例的建筑

却同样让俄罗斯和它的人民骄傲

这是一幢普普通通的房子

却是俄罗斯诗歌太阳升起的地方

背靠森林面朝大海

少年诗人就坐在那扇窗前

举目远眺观海听涛

涅瓦河水

在诗人笔下汩汩流淌

诗人心中的热血

如同火焰

照亮了波罗的海湾的夜晚

燃烧着冰雪覆盖的冬天

他的诗歌

让生活在苦难中的人们

看到了希望

他的诗歌也让生活在夏宫中的贵族

胆战心惊

如今，那位叫作普希金的诗人

已和他的故事一同成为历史

可他的诗歌还在

他读书的皇村中学还在

站在它的窗前

依然可以看到大海听到涛声

出生在桂林的重庆女孩

她说她叫李惠

她的前生

肯定是一颗蒲公英的种子

从重庆飘到桂林

又从中国飘到俄罗斯

在圣彼得堡机场通往市区的公路上

她开着一辆老式奔驰

用俄文和公司讨价还价

用中文讲俄罗斯笑话

她说她不是职业导游

她只给来这里旅游的中国人做向导

她是在读的医学硕士

最擅长的是人体解剖

她一路上不停地说话

从桂林的父母讲到另一座城市的男友
讲到自己的未来
讲到这部老车的历史

夕阳照进车窗
照亮她黑色的长发和微笑的面庞
她努力让大家感受她的快乐和幸福
可我却黯然神伤
不忍看见她眼中飘过的忧郁

莫斯科河畔的夜晚

很少见到有这样一条河流

在一座城市里弯来弯去

就像一个即将离家的游子

柔肠百转在故乡徘徊

我在它的岸畔慢步

静静地倾听河水的诉说

一条鱼儿突然跃起

打破了初夜灯光的宁谧

我不是这片土地的臣民

也不了解这个民族的历史

我只是一个匆匆的过客

无法读懂这条河的深沉

红场钟楼钟声响起

又一个时辰将成为过去

克里姆林宫门窗紧闭

那些死去的魂灵已漂成河面跳动的渔火

和彼得大帝合影

在圣彼得堡彼得要塞

我和彼得大帝的塑像留一张合影

他端坐在宝座之前

我只好扮作他身旁的一棵树

我们无法平起平坐

也无法成为兄弟

两个民族两个国家

我只是他友好的邻居

但我十分崇拜这位高大的汉子

他用生命和智慧改写了俄罗斯的历史

涅瓦河的波涛汹涌澎湃

世代流淌着对他的赞颂

一群居住在村庄里的喜鹊

这还是一个关于鸟的话题
一群居住在村庄里的喜鹊
它们几十年一直待在那片林子里
恋爱筑巢生蛋繁衍后代

每年一群群候鸟
春天飞来秋天飞去
只有它们始终守望着自己的家园
在冬天的雪地里艰难地刨食

它们的生命中没有远方
它们去过最远的地方就是不远处的山梁
那里也有花草树木也有村庄
可它们不留恋那里因为那里是别人的故乡

我每次见到这些快乐的喜鹊

内心里都会生出无限的感动

在这个到处充满诱惑的世界

还有多少人能像这群鸟坚守信念并且如此执着

俯瞰开普敦

云朵在南非应该是寂寞的
寂寞成一堆堆残雪
在阳光的照射下等待融化

雪堆与雪堆之间是水
是海、是湖泊、是河流
清澈得可以看见沙漠

这是这里的冬天
云缝间大地的河床清晰可见
一条条干瘪的脉管

偶尔能看到一片片闪光的物体
那肯定是湖
很小，像镜子的碎片

偶尔也能看到道路

连着一片片绿洲

是树是庄稼无法分辨

很少有村庄和房屋

我期待飞过草原

期待看到动物迁徙的壮美

可惜没能如愿

穿过云雾

地面上已经看到了城市

那里应该是开普敦

在中餐馆遇到来自长春的朋友

在开普敦的中餐馆里
我们遇到了来自长春的朋友
他乡遇故知
真的让人激动不已

两伙人围坐在一张桌上
要了六瓶红酒
重新点了八道小菜
仿佛久别重逢

杯中没有半点儿虚伪和狡诈
每个人的情感都在燃烧
高兴，就是高兴
认识与不认识的全是兄弟

人有的时候需要换换环境
该放下的放下了就寻回了本真

铠甲是防护也是镣铐

戴上了就少了自由

夜色中我们相拥话别

期待着回家再聚

一位黑人兄弟在街对面向我们招手

今晚的感觉真好

桌湾海滩的早晨

海浪一排一排地涌来

水雾卤湿了酒店的露台

人在风中

像一颗颗摇摆的树

天空还没有完全变亮

远处是隔岸的灯火

我们这些来自大洋彼岸的旅人

不敢大声喧哗

生怕惊扰了这座小城的梦

酒店下面就是海滩

柔软的银沙让海浪变得温顺

它们匍匐在它的脚下

然后慢慢地退回远处

一群女子在风中拍照

几个男人也去抢抓风景

时间已过八点

太阳始终没有露面

这个早晨

除了游人

醒得最早的要数海鸥

它们迎风飞翔

然后再落到海上

享用海浪送来的早餐

导游带我们去了一趟豪特湾

据说这里是森林茂密的地方
如今树木全都变成了房子
发现它的人早已和森林一起消失

港湾是一个很小的码头
游船出出进进
游客在雨中排着长队

这个早晨有些清冷
码头商店有人在选购衣服
海风很硬，刮在脸上有一点点痛

一个年轻的妇人正在遛狗
两大一小活泼可爱
她没打伞，也没穿雨衣

有船靠岸

三个黑人弹着吉他唱歌跳舞

手里捧着盒子向游人献媚

有人给钱，有人背过脸去面无表情

海浪一排排涌来

雨时下时停

海豹岛

船在一阵晕眩之后
终于靠近了豪特湾里这座小岛
海豹们在礁石上坐着
并没有表现出对来访者的热情

它们安静地过着它们的日子
谈情说爱、生儿育女
只有几个未成年的小海豹
在水中嬉闹
不知因为有人观看还是风雨突来

风雨中人们竞相拍照
水淋淋的头发圆滚滚的身子
和海豹没什么两样

船仍在颠簸
有人开始呕吐

声音很大，像海豹发情时的叫声

大海一直处于暴怒的状态
想阻止闯入的船只通航
人们紧紧抓住船栏
风浪里仿佛那是最后一棵可以救命的稻草

好望城堡上的旗帜

在开普敦
好望城堡上飘扬着六面旗帜
这是这个国家也是这座城市的历史

英国人、法国人、葡萄牙人
他们轮番在这里厮杀
但没人获得最后的胜利

上帝是公平的
上帝用上帝的方式伸张了正义
南非人在自己的城堡上插上了自己的旗帜

这座城堡很小
里面所有的财富都被殖民者抢光
只有这六面旗帜
将永远在南非人的心中飘扬

开普敦郊外有一座酒庄

这应该是一个百年庄园

车开进来就有一种幽深的感觉

远山含黛云霞缥缈

不知何处才是路的尽头

一只橡木桶

是接待大厅的招示

门始终开着

有人端着杯子在吧台前走动

我们找一张条桌坐下

坐下就成了绅士

杯子在手中摇晃

祈望着嗅到百年前的醇香

一杯、又一杯

每人总共品了五次

从一个品类到另一个品类

从一个年份到另一个年份

葡萄和酒都让人兴奋

我们举杯

另一位游客帮我们拍照

语言在此刻已失去意义

一个眼神、一个手势

让不同种族不同国籍的人成为朋友

伴 旅 公 园

在雨中
这里注定是寂寞的
除了几尊雕像和一个流浪者
只有我们在道路上张望
听导游讲城市的创史故事

公园北侧是一座博物馆
公园南侧是一座图书馆
博物馆偶尔有大人带着孩子出进
图书馆的门一直关着

一只大尾巴松鼠
从树上跳下来
打一个照面又逃进树丛
非洲喜鹊在吱吱叫着
似乎对这几张东方面孔十分陌生

草坪上

空落的椅子已经十分破旧

可它仍在坚持着

等待天空晴朗

等待另一场轰轰烈烈的爱情

库 哈 港

车子经过一道道关卡

终于在海边的山坡上停下来

远处就是码头

一片摆满机械的工地

这就是建设中的库哈港

也是投入使用的库哈港

几个黑人兄弟正用机器装船

要把伊丽莎白的物产运出非洲

这是一个阳光明媚的午后

太平洋平静而温柔

看不见的远方就是上海、广州、天津、大连

连着的每一个地方

都是我的祖国

当地朋友

用英文描述着这座新港的愿景

讲述将启动的航线

没人知道我的想法

一个同伴

蹲在不远处的草丛里

用手机拍照

想带走一朵绽放在冬天里的蓝色小花

安 德 烈

安德烈是一个

高高大大的白人汉子

他说他祖父的祖父是苏格兰牧童

从一座海岛到另一座海岛

寻求幸福寻找金子

他在伊丽莎白落脚

和一个白人女子结婚

一代一代滋生繁衍

让一棵小树长成一片森林

安德烈在这片森林中长大

长成一棵高大的桉树

用爱支撑起蓝天

让他的妻子、三个女儿、两条狗

和两只猫十分温暖

他去过北京
他和中国成了朋友
我们来到他的城市
令他十分激动

在曼德拉这个忙碌的下午
他让我认识了另一个非洲

上帝的餐桌

这个冬天
桌山始终被云雾包裹着
让所有的造访者在山下止步
仰望、猜想、怨怼
海风吹来一阵彻骨的凉

桌山松应该是上帝的雨伞
在桌山下一把把撑开
没人用它来遮挡风雨
它是一道风景
是人们内心中的一种期盼

上帝本不存在
上帝无所不在
上帝让信奉上帝的人
自己为自己造一座天堂
包括桌山上这个和上帝一起吃饭的地方

雨时下时停

桌山菊黄得格外耀眼

几只太阳鸟从天堂上飞下来

又飞向天堂

在云雾中消失

罗 宾 岛

站在桌山北麓

我确信被云雾笼罩的远处就罗宾岛

就是囚禁曼德拉

囚禁自由和正义的地方

海天一色

灰蒙蒙的一片

太阳还在北边的约翰内斯堡

此刻无法照亮开普敦的天空

曼德拉在那里

度过无数个这样灰暗的日子

把牢底坐穿

把冬天坐暖

把自己坐成南非人的上帝

殖民主义者

在海上来到这里

又从海上被赶走

罗宾岛依然是罗宾岛

在桌山对面

潮起潮落

西 蒙 小 镇

这里的安静

应该从进入桌山深处的这条道路开始

一路向南雨越来越小

到了西蒙天已明亮

能看到海婴儿一样熟睡

正午，路上没有行人

三角梅开放在小镇人家的庭院里

懒懒地爬出院门

睁大眼睛四处张望

企鹅滩上的企鹅或蹲或立

用目光与游人交流

没有恐惧也没有欣喜

偶尔有一只悠闲地走动

不远，又折回来闭目养神

海边餐厅刚刚开始营业

几位黑人大嫂正在摆放台布

壁炉正在升火

暖暖的，柴烟让我们在异域

嗅到了家乡冬天的味道

好 望 角

非洲大陆到这里就走到了尽头

再往前就是海水

我站在达·伽马当年站立的地方

感受探寻和发现的喜悦

海浪汹涌澎湃

拍打在礁石上溅起一片雪雾

水天茫茫

南极之于这里只是一个方向

其实，发现或未发现

非洲就在这里

这片土地这些石头

都没有改变它们固有的形态

只是山坡上多了两座纪念碑

一座纪念发现者

一座纪念登陆者

一样燃烧着人类梦想征服自然的欲望

远处有几只鸵鸟

正在悠闲地散步

它们是非洲原始的物种

似乎对我们这些造访者

不屑一顾

约翰内斯堡

对于这座南非的北方城市
我只是一个匆匆的过客
我无法坐下喝一杯咖啡
或者看看风景
居民区电网、铁丝网以及宾馆饭店的铁门
已经让心与心相互阻隔

这是下班的时间
白人大多坐在车里，黑人走在路上
车和人都匆匆忙忙

我们的车在一个路口停下
一群黑人提着东西叫卖
司机面无表情
紧紧地摇上窗子

夕阳西下

给广场的草坪镀上了一层金色

很多人待在那里无所事事

或站着聊天

或躺在草地上谈情说爱

这就是2012年6月12日

我见到的约翰内斯堡

一座让艾滋病和麻古

折磨的快要发疯的城市

匹林斯堡国家公园

离开太阳城

穿过茫茫草原来到匹林斯堡山谷

我们的突然到来

并没有让这个清冷的早晨

失去平静

坐在敞篷车上向山谷深处进发

一群羚羊又一群羚羊

在路边啃着干黄的枯草

还有角马和野猪

在树丛中觅食

长颈鹿站在远处

不停向山下眺望

后面跟着它的幼仔

没有半点儿恐慌

只见到一只狮子

在一棵树下睡觉

不远处有角马的残骸

让这个早晨有点儿血腥

犀牛和大象成群结队

就像一个温馨的家庭

它们从山坡向山下转场

大象护着小象

让人十分感动

比勒陀尼亚

总统府的大门关闭着

虽不高大却森严壁垒

几个黑人士兵站在哨位上

枪和人是一样的颜色

穿过马路

是一座花园广场

一群园丁正在整理草坪

芦荟红色的花朵玫瑰黄色的花朵

让这个明媚的下午多了几分温馨

广场上有两尊雕像

一尊是白人总统

一尊是黑人总督

他们都是这个国家的功臣

广场对面的山上

是先民纪念馆

远远望去像一座堡垒

那是用鲜血和白骨堆成的建筑

是这个国家不屈的精神

赵 大 千

赵大千
一个阳刚十足的中国男孩儿
说着流利的大连英语
和黑人谈笑风生

他不是专业导游
只是农闲时才出来做事
他说他是农民是水利灌溉师
用汗水和中国技术
灌溉着南非的土地

他住在约翰内斯堡城郊
父母经营从中国运来的农具
他为中国骄傲
他说这里的中国人都是富人
因为他们背后有强大的祖国

他还没有结婚

他说不想找外国媳妇

中国人必须坚守中国的传统

孝敬父母

这是本分

和我们分别的时候他有些依依不舍

泪花湿润了他的眼睛

穿 越 草 原

穿越草原

穿越无边的枯黄与寂寞

这是南非高原的旱季

暴烈的太阳让大地失血

苦楝树艰难地生长

期盼雨季的到来

所有的动物都到远方去寻找水源

天空中看不见一只飞鸟

偶尔有一缕白烟升腾

那是有人在放火烧荒

村庄是散落在路边的马群

安静地啃着枯草

有人坐在屋前

懒懒地晒着太阳

穿越草原

在这个寂寞的早晨

只有我们乘坐的汽车充满活力

像被追赶的羚羊

或是饥饿的豹子

坦桑也有一座白宫

面朝大海

白宫显出了白宫的气派

权利的象征国家的象征

白宫在坦桑人心中

洁白而神圣

面朝大海

白宫也有白宫的无奈

一边连着码头一边连着鱼市

商贩的喧嚣与总统府的安静

无法统一

没有花园广场

没有岗楼哨台

正门和侧门都关闭着

从墙外望去

更像一座废弃的城堡

墙外有人在贩卖毒品

有人在谈情说爱

据说，只有警察

持枪拦截过往车辆的时候

才能显出它的威严

在坦桑铁路纪念碑前留影

一次无私的援助

留下一段感人的故事

一个伟大的决策

让一个国家的人民

记住了另一个国家的名字

中坦友谊

从这座并不高大的车站开始

世世代代沿着两条铁轨不断延伸

中国强盛了坦桑也在进步

只是慢点

车站的冷清令人担忧

每天都有货物进出

但每周仅有两列客车经过

穿过边境

开进邻国

站在碑前

我无法对历史微笑

在贫穷的年代我们克服贫穷

援助贫穷的兄弟

这是一个十分沉重的话题

几个黑人男女在路边聊天

没人注意这里

在他们眼中我们也许

仅仅是几个外国游客

恩戈罗恩戈罗公园

穿越东非裂谷

观光车终于开进这片盆地

斑马角马羚羊悠闲地啃着干草

旱季的草原一片祥和

黑背狐从远处跑来

在车前停下

转动着明亮而鬼疑的眼睛

河马在水塘里洗澡

狮子在草丛中睡觉

它们都无视身边的一切

从一条路到另一条路

车在尘土中穿行

豹子始终没有露面

远处的丛林十分安静

下午四点

我们按计划撤离

可我始终有一种担心

担心这里像这个国家一样

正危机四伏

无意间走进达累斯海湾

达累斯这片柔软的沙滩

被五颜六色的垃圾覆盖

那些东西肯定是被一次次抛进海里

又被海浪一次次推回

直排的污水比垃圾幸运

大海接纳了它们

却拒绝了带走它们的腥臭

海滩上没有游客

只有几个流浪的黑人在捡拾东西

海鸟飞得很远在空气中鸣叫

有几只乌鸦偶尔光顾

它们在垃圾中寻找食物

然后又飞回远处的树上

树下有人在卖烧烤

有人在兜售椰子

两千先令购买一只

椰汁甜美

此刻却无法下咽

达累斯一夜

在达累斯

这貌似乡村的城市夜晚并不安静

黑暗中酒吧音乐和坦桑鼓点儿

敲得我彻夜难眠

凌晨鼓点儿停息

海浪隆隆作响

间或老病的空调不断呻吟

走廊里脚步声、开门声、关门声

还是男人和女人的叫声笑声夹杂在一起

又一次让郁金香的夜晚兴奋

开灯、起床、冲澡

一只螳螂爬进浴盆

三点钟叫早的电话响起

我们要飞往乞力马扎

机场还半睡半醒

脱下鞋子、解下腰带

要对这个清凉的早晨进行安检

包被打开

两只黑手在里面翻来倒去

钱被攥在手里不肯放松

达累斯在最安全的地方

进行"打劫"

走过一道关卡又到下一关卡

同样的遭遇同样的手法

让我们对这个国家这座城市

彻底失望

乌鸦在达累斯的黄昏飞舞

达累斯的黄昏

乌鸦在天空中飞舞

嘎嘎的叫声

让整座城市都失去了安宁

走在街上

我无法理解

在这个动物众多的国度里

为什么乌鸦要受到特别的优待

它们在大树上筑巢

在垃圾中刨食

还会到田里祸害庄稼

甚至偷吃人们的食物

这条街很宽

两侧居住的都是坦桑的富人

街对面是华人酒店

不远处乌鸦落下的地方

就是总统刚刚建好的宅子

飞机降落在迪拜机场

空客380在迪拜机场降落

这个庞然大物的到来

并没有让沙漠的夜晚恐慌

一切都井然有序

飞机起起落落仿佛海边觅食的水鸟

这里不是目的地

这只是北京和南非之间的一座桥

我们在光明中走进光明

在拥挤中却逃离不了拥挤

候机厅是一条热闹的街市

这里虽然热闹并不嘈杂

赶路的匆匆赶路

购物者三三两两在店铺里驻足

人们讲英语、阿拉伯语

偶尔也会有服务员用中文交流

快餐店显得十分拥挤

走了很长时间才找到一把椅子

美国比萨远没有阿拉伯烤饼好吃

苏伯汤加点地中海的味道

餐后去茶座消磨时光

四美元一杯现榨的橙汁外加一杯红茶

尽管如此

还比北京机场的白水便宜

我丢了一把从飞机上带下的梳子

让沙漠中的这个早晨有点儿凌乱

朱美拉大街

朱美拉

在迪拜这个水比油贵的城市

它不仅仅是一条街道的名字

它就是沙漠中的树是绿洲

似穆斯林少女

露在面纱外面的一双眼睛

迪拜塔、帆船酒店、蓝天酒店

这些华贵的棋子

被富翁们沿街排开

坐在车子上

我突然想到了楚河汉界

上帝也喜欢游戏

在最贫穷的地方埋下宝藏

让自作聪明的人出去乞讨

让坚守在沙漠中的忠实者成为富翁

黄金、钻石、珠宝

源源不断地从世界各地运往这里

再源源不断被来自各地的客人买去

留下一座座银行

和一个个虚幻而美丽的梦

在这里

我们应该是一个精神富有的穷人

沿街观览着异域的风景

自娱自乐

浦 东 机 场

飞机停靠在一个角落里

没有廊桥

也没有鲜花和欢迎队伍

在大上海，在大上海的国际机场

这架飞机和这架飞机上

走下来的人们都显得十分渺小

摆渡车在很远的地方

一个工作人员用手势和我们说话

我揣度着她的意思

跟随另一个头等舱出来的客人

一同登上她手指的那辆车

司机面无表情

冷峻得像一尊雕像

等到一个老夫

一个少妻

和一个小女孩坐好

他的脚才机械踏下油门

到达厅十分宽敞

宽敞得有些寂寞

这个时间没有别的航班

接机和下机的人

在大厅两端

稀稀落落

穿 越 上 海

穿越上海

穿越一片钢铁和水泥的森林

那些高楼大厦之间些许绿色

完全可以忽略不计

高架路

一条超长的柔性的绳索

把整个城市捆扎在一起

在台风频袭的季节

以防不测

黄浦江静静地流淌

水的流速紧追着城市的节奏

车流似乎有些缓慢

卢浦大桥青浦大桥

都不堪重负

外滩实在太过于拥挤

阳光已经无法流动

好在这里的人们不计较这些

他们只关心钱

关心股票关心房价

关心什么时候才不再堵车

车到静安

水泥森林才降低了密度

树木从楼缝间长出来

渐渐变得高大

高过四月

高过那一片又一片

金黄色的油菜花

早晨的南京路

七八年前

在世贸大厦的顶楼

主人请我们吃了一顿西式早餐

南京路就在它的脚下

一条很窄很旧的街道

看不到灯红酒绿

更没有人来人往的繁华

店铺的门关闭着

整条街都在安睡

除了上学的孩子

三三两两从胡同里出来

街上只有散步的老人和几条被牵着的狗

街角小食车成了风景

油条从锅里捞出来

油仍在翻滚

旁边就是豆浆
芳香四溢热气腾腾

再往下就是外滩
太阳已经早早地跃出江面
水上的船只岸上的车流
还有匆匆赶路的人群
和这里形成鲜明的对比

今天再次穿越这座城市
穿越零零散散的记忆
穿越那宁静早晨
他喧嚣热闹的夜晚
忽然有了一种别样的伤情

外 滩 以 外

外滩以外

已经不是原来的那个上海

上海在南京路

在四川北路

在那些还有老房子的里弄

在新天地的旧址

摩天大楼是美国的曼哈顿

东方之珠是巴黎的埃菲尔铁塔

崇明是巴厘岛了

张江是硅谷

雨雾中的黄浦江已变成了伦敦河

上海变得不再是上海

上海成为一个五花八门的世界

金融大亨在这里喝酒

骚人墨客在这里品茶

还有那些做实业的大佬

把工厂建到乡下

让钢铁代替庄稼

乡下人开始过城里的日子

在天空中作土地的梦

可他们不是庄周

梦不见飞舞的蝴蝶

他们只能梦见

一片又一片的油菜花

在外滩以外

上海也不再说吴侬软语

说日语说英语说西班牙语

西装革履

正以一个东方新贵的姿态与世界对话

绿色在水泥的峡谷中流淌

这是四月
梅雨的季节还没有正式开始
上海的嫩草的绿，花叶的绿
还有梧桐和水杉的绿
开始在水泥建筑的峡谷中
艰难地流淌

它们流淌得十分缓慢
被江水和车流牵拉着
穿街过巷
那些高楼那些架起的桥和路
重重叠叠
它们流淌得十分顽强

它们被围拢在一座座庭院里
围拢在狭小的公园里
不甘寂寞

努力向上攀爬

甚至做起蝴蝶和鸟的梦

可无论如何努力

它们却无法冲出重围

那些越长越高的怪物实在是

太可怕了

它们正以文明的名义杀死文明

包括这软软的绿

查干湖冰雪纪事

一场大雪过后

查干湖没了往日的汹涌

汽车在湖面上驰骋

碾轧开辽远的寂寞

蓝天之下

一望无际的白啊

岸上的树木村庄

瞬间变得模糊渺茫

路在没路的地方延伸

心是没有方向的向导

幸好还有捕鱼人插下的旗子

这是唯一可以参照的风标

我没听到祭湖的法号

也没看到查玛舞

冰洞、拉网、绞盘

还有马匹和头戴狗皮帽子的汉子

才是我已久的渴望

我希望我就是他们中的一个

或是他们网中的一条鱼

在远离湖畔的冰面

我真的看到了他们

几万人的队伍如一张巨网

上万尾出水的鱼儿

斜阳下跳跃如金

零下20℃的气温

无法抑制血的沸腾

面对冰镩子、铁勾、长杆、操捞子

我用相机让喜悦定格

这一刻，2009年

12月27日下午3点

在松原查干湖上

踏着厚厚的积雪

我找回了遗失在冰河上的童年

重庆印象

雨雾蒙蒙

江雾蒙蒙

城在山中

山在城中

石傍树长

树依石生

柔柔水波

山城的恬静

川味火锅

山城的热情

最美，莫过

雨洗的太阳

最俏，莫过

辣妹子的笑声

悬 棺 之 谜

谁说上天无径
路就在你的脚底

看到悬棺
便看到了
先人的足迹

那条路上开满鲜花
智慧便是它们的名字
那条路上长满荆棘
悬棺只是谜面
血，才是它的谜底

长白山上的杜鹃

长白山上
天池崖畔
杜鹃花开得十分热闹

一丛丛，一簇簇
就像燃烧的火焰
把披雪的高山烤暖了

白桦树在远处晃动
它们不知道
这面的山坡发生了什么

只有白云和山鹰
在天空中看得真切
杜鹃花照亮了他们的眼睛

我是大山的儿子

我就是一株杜鹃

即便啼出满腔的热血

也无法表达对母亲的痴情

卧　虎　峰

死去的只是躯体

不死的是永恒的精神

不然，这千年猛虎

卧成山峰

怎还会这般威风凛凛

它还像当年那样强悍

雄居于群峰之上

半睁之目静观世界

好像随时都可以

呼啸着冲出山林

只是这世界已走出蛮荒

文明容不得厮杀的残忍

它现在只能卧在这里

卧成一个勇者的故事

讲给大山的子孙

走进长白山

走进长白山才知道美

不该有明确的定义

美只是一种特殊的感觉

让一切都变得神奇

长白山美

美在一山容四季

山下鲜花山上雪

一进山门

便像走进童话里

天池水美

美在高山平湖连天碧

水从何来是个谜

岸边铁链是个谜

还有池中怪兽

更是神出鬼没费猜疑

白桦林美

美在一身素洁无俗意

万绿丛中一片白

白得鲜明白得高雅

白出别具一格真情趣

美人松美

美在她秀之中带刚毅

风中亭亭玉立

雨中亭亭玉立

雪中亭亭玉立

俊美之中蕴豪气

天池也是一部书

长白山
天池也是一部书
而且是本神秘的书
谁都想上去读一读

风来波涌
叠印出一条条书目
心领神会
玄机全在无字处

仁者见仁
读后感慨万千
智者见智
归去大彻大悟

这当然是大人们的事情
我来时则有另一番感悟

云起云落千变万化

涌来的全是神话人物

黑颈白鹤

便是一群飞天神女

十六座山峰

是十六棵长青的圣树

神书在哪

举在长白最高处

读它千辛万苦

读了赏心悦目

长 白 山

白须

白褂

你有多少岁

是不是这长白山的老祖宗

你为什么不答话

莫非耳背没听清

什么

你说你有一匹马

银蹄银尾佩银鬃

马在哪

你在哪

我们为什么看不清

难道你会隐身法

整天出没云雾中

上不见头

下不见脚

只见酒杯手上擎

天池水碧神仙酒

能不能让我们也来喝一盅

啊，好酒

真好酒啊

长白山酒浓情更浓

你这老翁还能活九万九千九

只可惜我这一次没看到

你的真面容

天 山 天 池

天山天池

照天山的雄伟

照雪峰的旖旎

照日月星辰

照春来冬去

照人世间的美丑

照人心中的秘密

在它面前

一切邪恶都无法藏身

在它面前

美丽也会变得更加美丽

在这池边驻足

每个人都可照一照自己

但你必须坦诚

否则它绝不会客气

月 色 周 庄

所有的船

都停泊在船娘的梦里

醒着的就只有

我这一双大脚了

踏碎一地月光

据说黄花遍地的那个夜晚

三毛也是站在这里

有葫芦丝和二胡的悠扬

顺着月光流下来

让她泪眼婆娑

后来还有陈逸飞

那个旷世的江南才子

同样还是站在这儿

他没有哭

他撑着一把破旧的油纸伞

看烟雨满楼

如今，他们都去了
只有我在
只有这夜色还在
还有那幽蓝幽蓝的月光和水
那是周庄，是我
流给他们的泪

梦 里 周 庄

庄周梦蝶

我梦周庄

骑上童年画在沙滩上的那匹白马

跨过双桥，踏进宅院

在唢呐和吴歌声中

迎娶粉楼上的新娘

我不是周庄的游客

我是水乡的儿子

我喝着长江的奶水长大

周庄，你可是

我九百年前的故乡

我找不到来时的路径

目之所及都是流淌着欢笑的水巷

云朵在飘，船儿在摇

引我前行的

是一只从远古飞来的青鸟

我是归乡的游子
没有人能叫出我的名字
我说我已离家很久了
很久很久，周庄
依然是那个杏花春雨的周庄

雾 里 周 庄

汩汩的水声

汩汩的桨声

汩汩的还有船娘柔柔的话语

这是周庄长大以来

一直吟唱的歌谣

我站在双桥的雾里

我无法看清周庄的面容

窈窕淑女裹着

蝉翼般朦胧的轻纱

如何能够，不让

多情的男人怦然心动

这时，又有笙歌顺水漂来

那是袅袅的天籁之音

一群小鸟，从谁家初启的小窗中

飞出的音符

在桥边的柳丝上滑落

在这五月的早晨
我从东北一个叫作长春的地方
赶到江南来和周庄约会
周庄藏在屏风后面
她一定在窃笑这个
东北男人的痴情

水 墨 周 庄

周庄是一幅写意
周庄是用淡墨泼出来的
周庄不狂
周庄永远恬淡得
像一缕被风吹动的月光

周庄不是李苦禅
周庄不是林风眠
周庄，是吴冠中躺在
江南梦里挥洒到
宣纸上的淡淡云烟

周庄绝对是一件孤品
周庄没人能够复制
那树，那水，那桥
还有那水冲也冲不倒的
亭台楼榭

只属这被云雾包裹的周庄

这水墨写成的周庄
一直挂在文人骚客向往的地方
画中的人物换来换去
但风光依然
今天，我在画中
不知能否有人记住我的背影

水 上 周 庄

周庄是漂在水上的

周庄是一条船

九百年流水冲刷掉

多少晦暗的荣耀的

苦难的快乐的日子

那船，始终

游弋在这吴侬软语的江南

古老的船桨

吱哑，吱哑

讲述着从前的故事

讲述着周庄八百里水写的历史

斗笠下面是周庄女人

用桃花洗出的一张张笑脸

男人们都到上海

到苏州到昆山去了

他们不满足祖上留下的这片天地

把船当成鞋子

走了很远，还想更远

水，一直缓缓地流着

我站在它的码头上

没有挥手，也无意招它靠岸

遍地暖暖的奶色

那是明代仰或清代播下的枝条

转瞬之间，已香透百年

太 阳 石

在平度

六月里一个激情燃烧的夜晚

一群诗人和一群商人

为一块石头

在花生花的幻影里聚会

太阳石

一个温暖而神奇的名字

在黑暗中发出黑色的光亮

让迷失的眼睛返航

在北美洲的墨西哥湾

在中国的唐山

这块美丽的石头

都曾神秘地惊现

帕斯用诗歌做了记录

仝志军却把它藏起来

变成药、油、食品和财富

今夜，帕斯不在

为它歌唱的是一群中国诗人

黄皮肤、黑眼睛

男人英俊潇洒

女人美丽温柔

其实，诗人和商人

仰望这块石头

都没有什么分别

只要爱在心中燃烧

就能温暖整个世界

布尔哈通河

这条从远古流下来的河流

到了延吉进入文明社会

早已没了女真时代的野性

它静静地流淌在城市中央

极尽温顺和柔媚

在这个多民族融合的城市里

流成一道风景

大河两岸高楼林立

用现代的手法演绎着时空变化

民族特色欧陆风情

以及世界文明积淀下的所有符号

在这里都可以找到

河上没有船只

两岸是宽阔的公园和道路

华灯初放流光溢彩

堤上的车流和堤畔的人群

展示出这座边境城市的无限繁华

我就住在大河北岸的一座宾馆里

晨起便看见了河对面的远山

苍苍翠翠

彰显着这条河和这座城市的美

延吉，布尔哈通

在金达莱盛开的地方

一个满族先人留下的名字

在 防 川

在防川

站在高高的瞭望塔上

极目是一片白茫茫的雾

海在远方

几十米外

隐约可见的是祖先土地上

异邦红色或蓝色的屋顶

那座叫哈桑的小镇

有一条铁路

跨过图们江进入朝鲜

江桥像一条长长的钢索

紧紧地勒住图们江的喉咙

有几只年轻的水鸟

从江边的树丛中飞起来

朝着大海的方向

飞去，又飞回

它们不知道自己已经跨越了国界

或许它们认为那是自己的天空

它们的祖先就生活在那里

只是因为一块人为的界碑

一张铁网

就无故的少了一片家园

此刻，我内心里十分惭愧

面对历史，面对屈辱

我们还不如一只水鸟

敢于张开脆弱的翅膀

去巡视领地，去捍卫尊严

土 字 碑

站在这块刻着汉字的石碑前
忽然想起一段历史和一位勇士
面对沙俄的长枪他勇敢地站起
用强硬的舌头
夺回了五万平方公里的土地

他叫吴大澂
一个满族朝廷里的汉人小吏
生在江南
用他的智慧和胆量
保卫着被异邦蚕蚀的疆土

碑后就是俄罗斯的哈桑小镇
那个存放我们先祖尸骨的地方
再远就是远东的海参崴
北洋水师曾在那里为大清扬威

一块石碑

让自己的疆域成了别人的领土

这是一个民族的悲哀

更是前人留给后人

永久的教训和启示

金 顶 大 佛

金顶大佛

盘坐在在六鼎山的群峰之上

敦化这片土地的一草一木一沙一石

便都有了灵性

人们带着不同的愿望

以相同的方式

从四面八方赶来为自己祈祷

大佛始终默默不语

她不会给任何人任何承诺

目光炯炯又温情脉脉

让所有跪拜或仰望的人都感到温暖

没人能够在她面前隐瞒心事

她身边的每一瓣莲花都是耳朵

她的手势她的表情

对于不同的人甚至生命

都有着不同的意义

我是一个彻底的唯物主义者
不相信上帝也无法皈依佛门
可站在这里，同样有一种渴望
渴望以我的方式
与她进行一次心灵的对话

圈 河 口 岸

在中朝边境

图们江上

一座桥梁将两片土地连在一起

桥两端各设一座哨卡

守护着各自的国门

桥头有一块石碑

刻着圈河口岸的名字

我们和石碑一起合影

背后就是朝鲜

患难中的生死兄弟

桥中间是一条红线

两个国家的疆界

河水在桥下静静地流淌

带着两岸的泥沙

奔向不远处的大海

这是周六的上午

桥上没有客车也没有货车通过

这边是参观的游客

那边只是巡逻的士兵

云很低天空很暗

雨时下时停

花　生　花

花生花
肯定是一朵女人花
不然，为什么一提到它的名字
我就会想到母亲
想到她站在田里的样子

夏日的太阳暖暖的
照在母亲清秀的脸上
她的笑容很美
就像绽放的花生花
一只嫩黄色的蝴蝶

美丽是永远的一瞬
然后她就弯下膝去
为花生拔草
用干瘪的乳头和汗水
喂养大地的孩子

母亲是无私的

花生花是无私的

平度茶山这个温馨的晚上

我要用心灵

为她放声歌唱

今夜又将无眠

在越溪流入的苏州

在旺山之下的旺湖

三月的暖风吹去心中的苍凉

今夜又将无眠

不是因为吴王夫差越王勾践

更不是因为姑苏美女

只为对面这个

其貌不扬却魅力无限的苏州男人

他叫朱天晓

一个善于"无中生有"的智者

他用智慧改变了自己的人生

也改变着旺山旺湖的形态

为古老的苏州

添上一笔新的颜色

他让我认识了天堂里的苏州

苏绣的苏州

评弹的苏州

苏工的苏州

还有儒雅却勇敢睿智的苏州

今夜，我们千里相约

把酒轮觞

不为思念不为谈玄

只为江南、东北

两个异姓兄弟共同的梦想

石 湖 先 生

从苏州去太湖
路过一片小小的水域叫作石湖
夕阳在天
波光粼粼
一个老人坐在一条船上垂钓千年

他就是大宋天子请不出的范成大
就是隐居在七子山上的石湖先生
他用桃花和柳叶编织梦想
用湖水作墨
书写千古幽情

柳莺啼叫、马嘶鹿鸣
还有弯月的琴音太阳鼓的余韵
直到现在依然在石湖
在来到石湖以及读过石湖先生诗歌的心中回响

小隐者隐身

大隐者隐心

他深藏起他那个时代的苦难

让遍地油菜、向日葵、粉菊

绽放美丽的花朵

碧 螺 春

洞庭山在太湖的边上

碧螺春在洞庭山上

那嫩嫩的叶芽

聚天地和太湖春水的灵气

凝日月光华

那鲜醇的滋味

那鲜艳的色泽

那浓浓的香气

在静雅中

沁人心脾香透千年

坐在旺山这片竹林里

坐在揾翠轩这座江南名楼中

我无缘与陆羽对饮

也注定成不了茶圣

身边是吴中的一群好友

这杯明前碧螺

也不再仅仅是茶

君子之交淡如水

君子之情浓似茶

碧螺春肯定是茶中君子

不然，这茶色决不会

如此鲜亮澄澈

夜 宿 松 原

思索好长好长时间
始终落不下笔去
生怕这支写惯了世俗的笔
玷污了查干湖的圣洁

这是一湖圣水
是远古先人留下的一滴泪
风不能把它刮走
太阳无法让它蒸发
它就汪在这里
让草在春天泛绿让树四季常青

让蒙古人的羊群
飘成水中的云朵
让汉族人的粮食

喂养千古文明

塔虎城早已成为历史
石油城该是大辽国的皇帝春捺钵时遗落在湖畔的一个梦
金戈铁马呼啸如风

还有那些来来往往的诗人
那些写给查干湖的诗句
就像疯长在湖中的芦苇
年年收割又年年将湖水淹没

这是一个盛产英雄和诗人的地方
这是一片柔情似水又坚硬如钢的地方
我在夏天和冬天多次朝拜
妙因寺的钟声漫过几度夕阳

查干湖

前郭尔罗斯草原上的一片圣水

在松原作客这个寒冷的不眠之夜

多希望雪花中

再次见到你的灵光

南后街上那些古老的院子

在福州
南后街很可能是最古老的一条街了
街口是林觉民和冰心住过的宅子
游客很少
天井上方是蓝湛湛的天

林觉民是个有良心的情种
一封《与妻书》让许多男人和女人流泪
泪水流进闽江
海水便增加了咸度

冰心比林觉民幸运
每天都可以在书斋里读书
累了就去花园看花
或者在夜晚仰望天空

繁星落到院子里

落到她铺开的纸上

于是变成永恒

让今天的孩子还能看到

另一端街口

住着更大的人物

他叫林则徐

虎门销烟的那个闽江汉子

他从东南去过西北

每个正直的中国人都以他为傲

我在这条街上

逗留的时间很短

没能从中华民国走进清朝

林家的院多大没有看到

看到的只有四个大字

无欲则刚

意外的邂逅

走进南后街

才知道严复的家也在这里

高墙深院

走出了一位

东方的先知

师夷制夷

这是典型的中国智慧

他悟到了

洋人再无法

施用他们的阴谋

院里有棵很大的树

枝繁叶茂

一只苍鹭

站在上面

张开翅膀便可以飞上天空

严复就是从这里飞走的

才知道天外有天

他从英国回来

带回一股强劲的海风

福州醒了

中国醒了

西方人很惊讶

原来东方的中国

也是一头狮子

橱窗里的寿山石

被海风吹过海水浸过

寿山的石头就温润起来

女人的肌肤婴儿的肌肤

摸一下会令所有男人想入非非

它们深埋地下

做着女人的美梦

渴望蓝天渴望太阳

渴望与另一块石头邂逅

它们肤色各异

黄的叫作田黄

粉的叫作芙蓉

还有很多很多品种

灯光下五光十色

它们被一群农民

从田地里刨出来

从乡下卖到城里

有钱的城里人开始疯狂

它们开始身价猛增

其实寿山石也是石头

撞击可以生火

落水即被淹没

但它们每一块都十分自尊

永远不会被世俗诱惑

泡在清茶里的大榕树

在榕城
榕树肯定是这里的主人
它们随处可见
用高大的冠顶
为福州遮阳挡雨

我在这棵树下小憩
喝一杯正山小种
茶叶清香
水很甜润
远处的风送来一缕清凉

闽侯在西
马尾在东
闽江从城中流过
捎去榕树对大海的问候

没人知道它有多老

就像没人能查清它的树叶

几百年乃至上千年

但它依然年轻

它很好看

站在这里招待我们这些东北汉子

我很感动

感到在东南海滨

又多了一位真诚的兄弟

这个地方叫马尾

马尾是个很好的地方

一面靠山一面环海

太阳出来最早可以照到的地方

云蒸霞蔚

让大海激动不已

一群海鸥

从大海东面的岛上飞来

一直向西、向西

寻找它们祖先生长的地方

妈祖，还有妈祖的庙

所有的海域

都曾经出现在中国的版图

可海鸥不知道

它们只听说它们的故乡

在海岸以西的那片圣土

它们来到马尾

来到福建

来到旗山和鼓山

在闽江入海的地方安家落户

这个地方就是马尾

如今已经是一座新城

有电厂、船厂

还有一个不大的码头

我从北方来到这里

和那群海鸥碰面

我们都是中华民族的子孙

只是我在行走

它们已经可以飞翔

林 栋 贤

这个人

是否是林则徐的后代

我不知道

这个人很豪爽

一杯酒就让认他

做了兄弟

他的家乡在连江

一个海边的镇子

一条鱼养了他们几代人

海浪拍打礁石的声音

就是他祖宗的呼唤

他很胖

五短三粗

可他的心很细

就像鹭鸶

永远不给别人增添麻烦

他是我朋友的朋友
一起在为百姓做事
盖房子、修路、绿化
从南到北
在长春还要建一座
地下商城

他要把温暖带到北方
带到冰雪覆盖的长春
让那里的百姓顶着雪花
去感受春天

武　夷　山

武夷山
一直是泡在茶杯里的
喝了很多年才见到它的模样
在云雾里
在山岚中
时隐时现

正山小种
铁观音还有水仙雀舌
一口一个味道
无法判定
谁比谁好

九曲溪一直在淌
过双乳、过仙游
再过玉女和大王峰
一直流到南海

带着武夷的茶香

剩下的就是山上的那些树

那座书院

还有朱熹用过的砚和笔

被时光洗得干干净净

幸好还有那些人

撑着竹排来往

让大海无奈

更让人的心灵纯净

武夷山，一座历史名山

我走后

谁会再来

竹排划过玉女峰

在武夷山

玉女峰肯定是寂寞的

九曲环绕

群山环抱

三个姐妹傲然挺立

不坠凡尘

大王峰远远伫立

它多想跪下求婚

可惜性格软弱

直到现在

依然痛苦

它们都没有办法

改变自己

彼此都愿做命运的奴隶

祈祷、愤怒

天空始终无动于衷

今天，我们在水中放排
放弃曾经拥有的一切
一杯酒，一杯茶
一生只能平平淡淡
但是，你必须保持清醒
抛弃纯洁即会贬值

九 曲 溪

九曲溪
九曲十八弯
它有多长已不重要
重要的是两岸的岩壁上
住着许多仙人

他们把中华文明
一代代传下来
用文字，用画
用大自然没人可懂的符号

于是，就有人去探索
悬棺的秘密
去破解千年古茶树
为什么不死之谜

一片叶子

珍藏着一个世界

一杯溪水

化去几世情仇

此刻，我在排上仰望

未见仙人

天空遥远

云朵下面

一只孤独的白鹤

大　红　袍

大红袍

应该是茶中的皇后

在中国这个皇权的国度

只有皇后才可以这样张扬

在武夷

她站在高高的山顶

与仙人同游

九曲溪就是她

散落的一条玉带

武夷人有福

在她的红袍下避风躲雨

坐在竹椅上捧着紫砂壶

啜饮浓浓的茶香

但没人敢懈怠或亵渎她

她是国母

是花中牡丹

是鸟中凤凰

是武夷山中

一株超凡脱俗的茶

在鼓山的缆车上

鼓山
冬天的早晨是冷清的
缆车上只有我们三个
一个福建男人
和两条东北汉子

空中下望
闽江、乌龙江，还有静安河
像几片破碎了的镜子
闪烁着不规则的光

山中有雾
一缕缕的飘起
我开始想象
想儿时饥肠辘辘时
远远看到那缕淡淡的炊烟

大海在远处

驮起船

驮起山下的福州

也驮起从苦难中

泅渡出来的中国

鼓山

这个早晨没有听到鼓响

只有鸡鸣犬吠

只有泉水叮咚

还有几声清脆的鸟鸣

马 尾 港

今天的福州想从这里入海

应该是很困难了

这么浅的水

怎么可能浮得起这么大的一条船

东面的旗山

西面的鼓山

这座城市

城市中的花草树木

两百万人民

还有那些产自寿山的石头

田黄、芙蓉以及荔枝冻

重啊，重到整个中国的有钱人

都为之疯狂

福州的元老们

到没到过这里我不知道

现在他们正在三坊七巷里喝茶

林则徐、严复、林觉民

这些民族英雄和先知

也在这条船上

马尾港

想点办法再大一些吧

哪怕只大到

可以放下中国的一只鞋子

想起鼓浪屿

十年前

一个阴雨连绵的日子

一个厦门女孩儿

带着一群东北男人在岛上散步

没有伞也没有雨衣

雨雾让所有的人十分温暖

她长得十分清秀

是林黛玉的那种弱不禁风

她边走边讲

告诉我们那座房子里

住过什么人

她认识许多花朵

认识许多鸟

还认识许多树

就连山上的石头

都是厦门的最好

最令人感动的
是那天她穿了一双高跟鞋
雨滑坡陡
她只好光着脚
去踩石子

回到船上
她已经没法再穿鞋子
血泡像花蕾一样隆起
我很感动
要了她的名片
宝龙集团刘晓兰

通 州 印 象

这应该是一支盲人乐队

在通吕河畔

用电子琴、吉他、架子鼓

演绎着四月里黄昏的清婉

还有油菜花淡淡的香

一个聋哑女孩儿

在轮椅上用手势和夕阳对话

向路边的水杉和花草

诉说人生的波折、苦难

以及无法解释的痛

音乐在河床中流淌

浮起运送货物的船只

过往的人们放慢脚步

表情凝重目光柔软

仿佛那一双双手在拨动他们的心弦

一个很小的男孩儿

把一张纸币放到女孩儿

脚下的功德箱里

转身在晚风中消失

这是2013.4.12下午六点

通州给我留下的第一个印象

张謇这个人

在江苏南通
在南通通州
张謇这个人已经不仅仅
是帝制中国的末代状元

他就是这片土地
人们在上面耕种
建造工厂、建设学校、纺纱织布
甚至被当作宣纸
让孩子们用梦想作画

在古街深巷
在展览馆
在学校、在商场
在设计室
随处都可以与之相遇

他就是长江之尾

就是油菜和稻谷

就是通吕运河

就是南山古寺

就是刚刚耸起的摩天高楼

张謇

已不再是一个人的名字

他是一段历史

一种精神、一种荣耀

一个通州和南通

特有的文化符号

陆 凤 彬

一个退休的将军
一个有良知的通州人
在东社在他出生的地方
用忠孝用中华民族的传统美德
建造了一座文化园林

他把历史上
那些有名的忠臣孝子
都聚集到这里
吟诗作对
饮酒品茶

他要复制他们的人生
要让这些不灭的灵魂绽放花朵
结出果实
送给通州送给南通
送给全世界的华族

他还有一个梦想

要办一个忠孝书院

请庄子、孔子、孟子

来这里谈学论道

他当院长

我做学生

川港纺织城

这是一个真正编织梦想的地方
一双双年轻的手
在电脑和人脑的帮助下
把棉花、蚕丝、竹子
以及榉树、桉树都编到油菜花的梦里

种油菜的人们不再舞动锹镐
他们开始用机器纺线
用机器织布
用梦想编织生活
再用生活编织新的梦想

我们参观了金太阳公司
参观了那些用阳光汗水
和智慧织出的棉布
你不得不佩服通州
这里到处都是能人

他们已经不满足给国人温暖

他们要用通州的布

包裹起整个世界

让那些爱好和平的白种人、黑种人

在他们的床上和我们一起

做一个美丽的中国梦

乡 下 小 子

在通州

我认识一个乡下小子

他叫张峰，张峰不喜欢

在通州的土地播种油菜和稻谷

他喜欢做梦

喜欢在长江和大海交汇的地方

播种文化

他用他的朴实和真诚

给全国的作家、诗人、教育家

以及社会各界名流写信

倡议全中国的孩子

和通州一起用高声歌唱祖国

小小通州

一夜间成了神州瞩目的舞台

像CCTV的春晚

像星光大道

童声里的中国

唱出了民族的梦想民族的情怀

世界就这样认识了通州

可没有几个人知道这个乡下小子

他仍在默默地耕作

他梦想让文化的油菜花

开出中国开遍世界

秦　俑

一千多年过去

仍然在整装待发

是在戍守边城

还是向远方征伐

你们可知道

外面的世界

长城已只是一道风景

华夏子孙皆为兄弟

走到哪里都亲如一家

战争是狂人的发作

他要以生死作为棋子

用鲜血任意涂鸦

你们只是他弩上的一支箭镞

想射向哪

就射向哪

还是放下刀枪

去耕种你的土地

八百里秦川

已今非昔比

你们的子孙正在呼唤

你们的灵魂回家

骊山烽火台

调兵遣将的烽火

竟成了取乐调笑的玩具

本为戏耍诸侯

最后，竟戏耍了自己

不仅失去了性命

更失去了国家

一代帝王为女人的一笑

留下一个千古笑话

如今台在人空

骊山千年一梦

历史确是一面镜子

它会让你时刻

都保持清醒

兵 谏 亭

语言失去了威力的时候

就让刀枪说话

它们不需要含蓄

也无须回答

这就是亭中的一幕

两位英雄

与一代枭雄对话

他们以性命为油膏

为民族的解放

燃起火把

半个世纪已经过去

亭中的石头已经风化

但那带血的声音

仍在山谷中回荡

并绽放为崖畔的鲜花

历史就是历史

谁也无法改变

真希望无论故人或是生者

再来亭中坐坐

别论是非只品香茶

杨 贵 妃

一代美人
也只不过是一段故事
一碟小菜

没听过时想听
没尝过时想尝

听过尝过之后
就如那张门票
被弃之路旁

这绝不是她的悲哀
世界就是这样

女 娲 补 天

一个男人

因为败给了另一个男人

竟将天空捅破

这是何等的荒唐

一个女人

造就人类的女人

竟要炼石补天

这是何等的悲壮

男人破坏世界

女人拯救世界

这是男人的耻辱

这是女人的风光

站在她炼石的绿岭

我不得不顶礼膜拜

可我的心却颤如秋树

一阵悲凉

坑 儒 谷

烧掉的只是几部残书

不灭的是民族的精神

埋掉的只是一群儒士

长起的是不屈的灵魂

历史总是无情

焚书者早已自成灰烬

时光更如流水

冲刷着坑儒者的孤坟

聪明者有时

也会十分愚蠢

一世枭雄

竟是一位暴君

同在九泉

却要遭千古吐骂

他若泉下有知

是否也会扪心自问

日月山怀古

一面大唐的镜子

照出的不仅是公主的美丽

一滴泪珠洒落风中

闪现的是女人的刚毅

翻过这座高山

就再也看不到长安

那匹骆驼将穿越大漠

向高原走去

那就在这里

与母亲挥别

与大唐挥别

让黑发在风中

飘展成旗

她最后照一照

这面镜子

连同影子一同抛到山中

这山，从此不再荒凉

不再孤寂

经　帆

在风中

经帆猎猎地飘动

经文散落为遍地的牛羊

散落为漫天的星斗

法轮光如日月

照耀着美丽的草场

佛在心中

佛佑着牧人的安宁

他们逐水而居

逐草迁徙

这些彩色的经帆

就是导引他们的旌旗

他们不懂得经帆上的文字

但他们确信

这帆能带给他们吉祥

带给他们幸福

倒 淌 河

当所有的河流
都朝着一个方向流去
你便被突显出来
成为高原的骄子

你成为一道风景
接受游人的朝拜
其实你何尝不想向东
只是当初选错了方向

你就这样淌着
尽管不能流入大海
尽管不能在汪洋中求得永恒
但能有这份荣耀也已经足够

何必非去追赶潮流

自己来主宰自己

有时亦可将错就错

青 海 湖

在这高原之上
你如一个沧桑的老者
已经经历得太多太多
可你为什么总是三缄其口
不肯向世人述说

你目睹过
无数金戈铁马的厮杀
你目睹过战败者
被逐出家园流离失所
你还看过灾荒看过瘟疫
可你总是沉默

这一切都已成为历史
高原早已实现民族的融合
一个共同的名字
早已化解了所有恩怨

你还在等待什么

是太多的苦难

让你变得麻木

还是你仍心有余悸

担心你一旦说出了真话

惹出灾祸

文 成 公 主

在大唐天子的手上
你是一枚美丽的棋子
此刻他需要你蹚过河去
你必须带上嫁妆
永不回头

长安城渐渐地远去
大唐宫中的鼓乐渐渐远去
童年的伙伴渐渐地远去
等待你的是大漠荒沙
等待你的是高原风雪

这一路上没有欢乐
这一路上没有风景
驼队驮着寂寞与悲凉
驮着父皇的使命
驮着母后的叮咛

你要去的地方很远

你要嫁的男人十分陌生

可你已经无法选择

你是公主

你必须听从父命

千百年后的今天

人民称颂着你对民族的大义

称颂你传播了故国的文明

却没有人理解你心中的痛苦

理解一个女人对爱情的牺牲

贺 兰 山

你在岳飞
冲冠的怒发中横亘
我今天来访
仍能听见马蹄的铿锵

辽金的弓弩
大宋的刀枪
在你的身上
留下无数的疤痕
我仿佛看见
一个民族的血
仍在流淌

战争是人类自己
导演的悲剧
每一个细节都要以
生命为背景

并以灾难与死亡收场

你曾经作为舞台

你的身上已沾满血迹

时光的流水

不住地冲洗

也无法让历史遗忘

那你就竖立成碑吧

无须文字

无须图画

就以你的疤痕

让世界警醒

珍惜和平

珍惜生命的灵光

西 夏 王 陵

一段历史

在这里画上了句号

细细品读

不免有几分悲凉

一个部落

建立起一个王国

这是一方土地的荣耀

一个部族的风光

只可惜这是

一朵昙花

刚刚绽放出辉煌

便在奋斗中

走向衰落

那些飘落的花瓣

至今仍十分美丽

那是西夏王国昌盛的见证

亦是一个部族

留给人类的文明

黄河四百里

在宁夏

在银川

黄河滔滔四百里

黄河滔滔千万年

浇灌一方沃土

养育一方人民

它流过一个朝代

又一个朝代

它哺育一个民族

又一个民族

它以江南的秀美

与高原的深厚

塑造出美丽的塞上明珠

它流淌着一部历史

它更是一位母亲

它以它的博大与慈爱

使这方水土醇厚

而且深沉

它穿过宁夏

穿过银川

一直向东流去

它流淌着整个民族的血液

流淌着千古不灭的精神

飞 越 黄 河

坐在飞机上

飞越黄河飞过人间天险

船窗下望

那道圣水细如游蛇

在高原上蜿蜒

闭上眼睛

仿佛漂浮在河面

我听到了

泥沙俱下的声音

波涛滚滚浊浪滔天

我听到了船夫号子

听到和波涛一样的叫喊

那是我们的民族

在苦难中挣扎的祖先

他们在艰难地行走

走出青海走过兰州

走进中原

我突然想到

不该把这黄河比作一面镜子

它是一根抽在我背上的长鞭

戈 壁 滩

戈壁滩

一片死亡之海

那些美丽的浪花

流过去

就再也没有回来

生命诞生的地方

如今没有了生命

没有鱼也没有鸟

地面一片苍茫

天空只有云彩

满眼荒凉

满眼寂寞

只有太阳仍在徘徊

它在寻找什么

满眼焦急满眼无奈

是在寻找水吗

还是寻找生命的颜色

据说，在很远的地方

有一片绿洲

不知谁能将它移来

戈 壁 绿 洲

在戈壁滩上
有一片充满生机的绿洲
绿色绿色到处都是绿色
高高的是白杨
低矮的是红柳

庄稼一片一片
葡萄满坡满沟
还有一蓬蓬沙枣
在绿洲上四处飘游

更有那一道道水
深藏在地下
冬也悠悠
夏也悠悠

这就是吐鲁番

就是天山脚下的绿洲

白杨树是它

高高举起的手臂

每天迎送八方朋友

黄河一直向东流去

黄河一直向东流去

流过高原

流过大漠

流过荒滩

一直流进大海

它始终坚守着自己的方向

一路坎坷

一路曲折

一路高歌

留下千年风采

黄河是一条母亲的河

它养育生命

浇铸历史

灌溉文明

播撒人间真爱

它是中华民族的骄傲

它顽强坚韧

善良纯朴

不屈不挠

一路奔腾澎湃

戈 壁 滩

一张无法用完的画纸

铺排着无尽的寂寞

一笔下去

就再无法收回

那只鸟仍在千里之外

骆 驼 草

以你的执着与倔强

在无法生存的地方生存

你呈献给沙漠的

不仅仅是一蓬蓬绿色

更是一种不屈的精神

坎 儿 井

大漠也有大漠的血脉
不然，在这死亡之海中
就无法看到勃勃生机
这就是大千世界
每一处都自有它的神奇

达 坂 城

越是迷人的地方

越应该与它保持着距离

面纱一旦

在风中飘落

它就永远失去了魅力

火　焰　山

石头就是石头

哪里有什么火焰

世界上最不可信的

就是文人

他们总是在你

不留意的时候

编造美丽的谎言

交 河 故 城

一部残书早已没了文字

一个国家的历史

深深埋在黄土下面

永远也无法成为种子

登西小天池

传说总十分美丽

登临也不过如此

最可靠的是自己的眼睛

千万别轻信广告

别轻信诗

博格达雪峰

高处寒冷

你也不肯走下来

是担心丢掉位置

还是怕失去风采

古　阳　关

王维劝酒的地方
已被风沙埋掉
但这阳关古道并不荒凉

没了关隘
世界便变得更加辽阔
随便走到哪里都如同故乡

莫 高 窟

洞窟数千

佛却只有一个

真不知这些朝拜者

拜洞还是拜佛

佛不在心

拜洞何用

如有一善躬行

何须默念弥陀

烽 火 台

烟火已经散去

空留这一座座土台

举刀的是左手

持枪的是右手

身体在受伤之后

心灵才感到悲哀

可谁能为历史评说功过

那一堵高高的城墙

早已被筑墙人的子孙们打开

汉　长　城

这里已没有金戈铁马

这里已不分西凉或是西夏

血流到一起便成了兄弟

同一片天空

便是同一个家

你站在这里

也不必去为历史作证

最好是能为大漠

挡一挡风沙

汉 墓 群

一盘残棋

几千年来

尚无人可破

偶尔也有人光顾

那些棋子

仍在大漠上摆着

藏 经 阁

万卷经书

深藏洞中

洞却默默无闻

如今经去洞空

竟引来无数游人

世界就是

这样荒唐可爱

真伪不辨

虚实难分

飞　天

千种姿态

万种风情

飞翔在佛的境地

飞翔在人的心中

美从不分仙界人间

爱美是佛的天性

亦是人的天性

卧　佛

生即是死

死即是生

你横卧在那里

是生是死

没人能够说清

月 牙 泉

人与狼共舞

需要的不仅仅是勇气

你能与沙共存

让人顿生无限敬意

就这样

一切都无须说破

世界有时更需要的

是这种神秘

鸣 沙 山

不平则鸣

莫非你有什么冤屈

是为别人

还是为了自己

谒 老 君 像

是你教我学会了淡泊

是你教我学会了宽容

不然，如何能够

在这烦嚣的世界里

活得如此轻松

没有欲望就没了痛苦

有了爱心就多了真诚

今天在碑林中有幸拜谒

真想拉你走出殿堂

到骊山上把酒临风

读清官箴刻石

刻在石上何如刻在心上

如果确为箴言

即当永志不忘

这分明是一块

打给别人的招牌

以正直欺骗正直

以善良欺骗善良

怀 念 书 圣

怀念书圣

怀念那用墨池水

写就的精神

怀念兰亭集会的潇洒

怀念流觞曲水的飘逸

更怀念他对

身外一切的淡泊

这是他所写下的

最可效法的一笔

戏 问 张 癫

本来十分清醒

为什么要装作疯癫

是想沽名钓誉

还是有苦难言

你让字已非字

刻在这石碑之上

千百年来无人认全

碑林是一部沉重的历史

这是一部中华民族的历史

刻在石头上

更让人感到沉重

在这碑林之中

即便是面对张旭的狂草

也无法读出半点儿轻松

昭 陵 六 骏

生为帝王的坐骑

死亦要伴帝王的亡灵

不知这是一种幸运

还是不幸

站在你们的对面

我听到了战场上的嘶鸣

也听到了灵魂的哭声

读《石台孝经》碑

这是大唐天子的御笔

垂训于他的子民

原来皇帝也说假话

屠刀上还滴着鲜血

却要以佛面示人

但愿这碑是一面镜子

能照出每个人的灵魂

仓　颉

拓飞鸟的爪痕

拓野兽的印迹

拓出中国文字

拓出千古文明

他也将自己拓进历史

让我在这

汉代的庙碑前逐字卒读

碑林，石头刻成的书

在西安古城墙下

有一座座石碑

那里就是碑林

一部部用石头刻成的书

每一部都十分古老

每一部都是名著

这些书非常神奇

水不能浸虫不能蛀

它们已经存放千年

爸爸曾经读过

爷爷曾经读过

爷爷的爷爷也来读

今天我站在这里

读着祖宗的荣耀

文字虽依然清晰

历史却已经模糊

西　安

丝绸之路从这里开始
走出了千古文明
我将耳朵贴在秦砖汉瓦之上
听叮叮咚咚的驼铃

张骞的脚印是汉书的一页
写着中华民族的骄傲
也写着历史行程的艰辛

再往前走
就可以见到秦王的兵马
但均已解甲归田
黄土高坡上放牧着和平

这就是西安
这就是走回远古的通道
是分隔今天和昨天的岁月之门

西安，昔日的长安

杨贵妃一杯盛唐美酒

让那轮千年明月

一直醉到今天

古　城　墙

古城墙是历史的回音壁

我伏在上面听到了十三个朝代的声音

秦始皇是伟大的

他统一了中国也统一了车辙

从此民族之路开始快速延伸

之后就是刘邦和刘彻

以他们的智慧铸就了大汉的精魂

昭君弹着琵琶走向边外

大漠仍然响着悲悲切切的琴韵

最辉煌的是李唐盛世

它向世界敞开了国门

如来从天竺来到乐土

玄奘在黄土高坡上写满了经文

十三个朝代盛盛衰衰

留下一座座阴森的孤坟

城墙把这一切都记录在案

以它无字的碑铭警示后人

西安梦李白

他从酒杯里爬出来
醉倒在长安街上
于是，这一片黄土便开始有诗疯长

诗也是一种粮食
是喂养古国文明的粟米
直到今日仍愈嚼愈香

他一直都躺在那里
他的脉管中流淌着
古老的黄河和古老的长江

他不知道
他已成为长安城的风景
直到两千年后
仍耸立在高坡之上

大　雁　塔

这是长孙太后竖起的拇指
在夸说太子李治的孝心
这是登高望远的云梯
让后来者登上它去俯瞰古今

大唐盛世已成为过去
西安新城正雄视三秦
长安古道早已断了车马
现代都市的喧闹迎送着八方游人

我站在高高的塔顶
心幻化成远去的飞雁
向着我走来的方向
一路搏击一路行吟

碑　林

在这片奇异的树林之中
每一片叶子都能让你
读出千万种滋味
秦汉的雄浑
晋唐的飘逸
筋筋脉脉都蕴含着一种禅机

帝王自有帝王的气象
文士亦有文士的胸襟
笔墨刻下岁月的疤痕
时间与黄土一同老去

现代的风吹拂着古老的梦
吹拂着比这些石头
更加古老的文明
没有人可以改写历史
历史刻在石上
更刻在人民的心中

秦　始　皇

在世曾为英豪

死去亦让人敬仰

秦朝的兵马

仍驰骋在中原

浩浩荡荡

骊宫虽已不在

但咸阳还可以作证

统一了文字

华夏便为一家

每个人都可以称为朋友

你留下的车辙

已成为两道长轨

时代的列车

到了今天

还要开往明天

你虽犯过严重的错误

但仍然是一位伟人

至少你在我的心中

可谓是千古枭雄

让我们在你的土地上共饮一杯

古 长 安

古长安是李白的领地
醉酒之后
随处都可安眠

杨贵妃能让皇帝倾倒
但李白绝不买账
捧靴研墨
今日仍为笑谈

杜甫也在这里
留下过诗句
但他过于沉重
没有李白那样潇洒

我今天走在这里
我是后来的文人
我要给诗仙诗圣敬上一礼

华 清 池

这是一面镜子

曾照过大唐的辉煌

这是一只眼睛

看惯了人世沧桑

秦始皇是历史

李隆基是历史

蒋介石也是历史

但人们记住的

只有张学良这个民族骄子

五间厅空空荡荡

三间厅空空荡荡

山上那座兵谏亭里

仍在讲述当年的故事

我在池边驻足良久

水中浸泡一轮斜阳

骊山横卧巍巍峨峨

宛如民族挺直的脊梁

西 出 阳 关

西出阳关
才知道祖国的辽阔
迎你的有茫茫苍山
迎你的有落落大漠

这里曾是一片绿洲
牧童在牛背上唱歌
这里曾有美丽的都市
殿堂辉煌城楼巍峨

这里是友谊的驿站
文明曾在这里传播
这里是和平的家园
民族曾在这里融合

后来这里成了战场
战争让绿洲变成了荒漠

从此这里只有太阳

在痛苦中独守寂寞

今天，我们来到这里

多希望荒滩长满绿色

兰　州

在遥远的大西北
有一座城市叫兰州

这个地方很美
黄河是她腰间的彩绸

这个地方很大
祁连山是她的枕头

这个地方
人很和善
握一握手
即成朋友

穿 越 戈 壁

在戈壁中穿行
满眼都是秃秃的荒山
没有花也没有草
云朵飘在山巅

云朵十分寂寞
来也孤单去也孤单
天空听不到任何声响
只有风在悲叹

我多希望
绿树能够走进大漠
有树就会有鸟
蓝天撒满快乐

青 藏 高 原

高原高
高上天
绿树青苔织锦绣
雪峰高耸入云端

风从天外来
红日照冰川
高山出平湖
碧水映蓝天

最美是牧场
茫茫绿无边
百鸟齐欢唱
牛羊跑满山

站在高原上

心远天地宽

人间多美好

胜似做神仙

四 月 临 安

四月
已经有鲜花爬上古城的鬓角
那些俏丽调皮的生命
让江南临安显得更加灵秀

穿过一片建设中的高楼大厦
是一片广场和一个古朴的牌楼
这就是钱王祠
我祖先骨骸和灵魂
放飞与安息的地方

钱镠
一个来自北方农耕之家的子弟
一代乱世枭雄一个文武双全的智者
用胆量、智慧、胸怀
和一剑霜寒十四州的气魄
在唐宋之间

打出一个富甲天下的吴越

他开疆扩土保境安民
疏浚湖浦、发展农桑
箭射海潮、修塘筑坝
发展海运与邻国通商

他告诫子孙"善事中国"
永不与中原朝廷分庭抗礼
让世界和平民族团结
让百姓远离兵戈幸福安康

他让战争中的长矛长成树木
让盾牌变成房瓦
让丝绸苏州茶叶杭州
变成人间天堂

千万年来
他默默地守望着这片土地
守望西湖守望钱塘
守望他那蓝色的梦想

钱 王 祠

午后的阳光很暖

我的心却有些微凉

钱王祠钱王大街钱王广场

没有人们讲述的那样宏伟

斜照中几分窘迫

几分冷清甚至寒酸

这就是一个普通的

复修后的现代家祠

史书上记录的恢宏

或被战火焚为灰烬

或在当代那场浩劫中

被他的臣民们拆去修了院墙

祖宗端坐堂中

依然威武仁厚

没了千军万马

没了臣僚拥戴

就这样静静地像一尊菩萨

看江山变幻

为子孙、为百姓祈福

站在他的对面

我深为流淌他的族血骄傲

他是一位圣明的君主

是一面旗帜

而此刻，更觉得他是一方圣土

让我找到了自己的根脉

婆　留　井

在临安石境
在钱氏祖宅的后院
有一眼水井
跨越千年
井水依然清澈透明

它洗过大唐明月
也照过两宋繁星
它还见证过一件神奇而凄婉的往事
一位白发阿婆，用她的爱
为吴越王国留下一位圣明的君主

他就是我的祖先
就是因为貌丑声野为世俗厌弃
险被丢进井里的钱镠
民间亦叫他钱婆留

他喝着这口井水长大

他带着一身武艺从这里出发

由兵卒到将帅

驰骋疆场、保境安民

在两浙建立起自己的国家

婆留井

留下的不仅仅是一段感人的故事

也不仅仅是一个家族的历史

它留下的是千秋基业

是中华民族的和谐团结

是锦绣江南永不衰落的繁华

站在祖宗墓前

一块残碑

唐故天下兵马都元帅

尚父

守尚书令兼中书令

吴越国王

溢武肃钱王之墓

兀立千年

一部史书

五代十国兵荒马乱

群雄并起生灵涂炭

黄河流血长城狼烟

唯两浙大地仁君施治

国泰民安

繁荣昌盛

一代豪杰

以治家之策治国

怀仁天下

百姓皆为父母

兵卒皆为兄弟

治水兴商睦邻休战

百年吴越

锦绣江南

站在祖宗墓前

我多希望自己是太庙山上的一棵树

守着一颗伟大的灵魂

与天地同在

与日月同辉

看子孙后代世世智慧、勇敢

仁厚、豁达

爱暖人间

钱万成——著

钱万成作品选

回望远山

诗歌卷 IV

时代文艺出版社

目 录

老 子

青牛在你的时代

应该是现在的汽车吧

丰田越野或是奥迪Q7

翻山越岭

去追寻你心中的梦

一生二二生三

三生万物

大道无道是为道

大象无形原有型

你让一个原来十分简单的世界

在掌股间变得扑朔迷离

天圆地方

这是凡人看到的景象

你说阴阳之道在于变幻

方即是圆

圆亦是方

直到今日有几人能懂

道不深不能为道

道至深不为大道

人本来就是一棵草或一棵树

枯荣虽然有序

生死不能自知

青牛背上的智者

在这新秋的暮色中渐渐远去

庄　周

一只蝴蝶

从远古一直飞到今天

驮着美丽的梦

驮着祖先的旷达与潇洒

落在花丛之中

面对贫穷

你说精神可以富有

面对死亡

你说生命可以再生

一切对于你都那么淡然

无论花开花落

只是心中的一个幻影

现在我和你的蝴蝶

就端坐在花瓣之上

秋高气爽

风吹断了来时的路

就那住下来吧
山坡上秋光正好
田野谷物飘香
新焙可以买醉
然后，我们坐上蝴蝶
一起穿越时空

张 若 虚

在唐朝

你捧着月亮不放

一会儿在水中

一会儿在天上

把一轮明月折腾得

不知是圆是缺

之后你就把自己隐藏起来

把一条春江留给后人

让他们去猜想你当时的心境

圆者说喜缺者说悲

悲喜原来无常

今天，我站在我的月下

月是唐朝月

心已不是唐朝心

大唐盛世

今亦盛世

但树和草永不可能同高

你守你的月

我守我的月

你在江南

我在塞北

你在前朝

我在今朝

遥遥相望

共同举杯

让月亮在杯中洗去一切烦恼

苏　轼

那年，在四川眉州

我去你家做客

你的老父和你的兄弟

一起见面

你默默不语

三苏祠很冷清

来看望的只有几个文人后生

你的文章他们也许读过

或者他们没读

只在课堂上听过你的名字

你的文章要比字好

你的字要比官好

你不会做官

也不该去做官

把自己折腾得那么苦

如果你好好做个文人

安分守己

妻儿老小怎会颠沛流离

让苏洵、苏辙

为你苦闷

你在赤壁在黄冈

说的那些话

虽然很真，很悲很美

让后人流泪

可那不是真实的苏轼

我在那里读出你的无奈

读出了你的雄心

认命吧

一切都无所谓

太阳永远不落

真诚永远无悔

我在佛前为你祈祷

愿你来世别去当官

只做个好人

韩　　愈

为官之道你没有悟透

就去为师

授业解惑

术业专攻

弟子不必不如师

业精于勤

业荒于嬉

想成功必须刻苦用功

于是有人以发悬梁，以锥刺股

让祖宗为儿孙心疼

现今依然如此

三岁小儿提笔

胎房婴儿听歌

人神无序

无可奈何

师无师道

学无学德

世界已经变得十分混乱

一场洪水过后

桑田瞬间变成了沙漠

钟　繇

江西那个地方

出过很多名儒

有官也有文人雅士

可他们都没当上三朝元老

更没能让他们的字

作为后人的范本

赣江可以证明一切

从生到死

从死到生

生命本是一部唱机

每次播放都会

让人有不同的感觉

我在很小的时候

开始学写你的字帖

一遍一遍

走到现在

仍没法趟过那条大河

我不会放弃

我要踩着你的脚印前行

生命不止

临池不辍

让我们的国粹开成

世界上最最绚丽的花朵

杜　甫

那年桃花绽放的时候

在天府成都

我和一群诗人坐在你的草堂里

谈玄论道

从风吹茅草说到你当时的心境

晚风突然停下来

树叶也十分沉静

庇护天下寒士

是一种境界

更是一种情怀

李白躺在长安饮酒作乐

白香山醉倒青楼

在桃花心里做梦

唯独住在茅屋里的你

还想着这些潦倒的文人

我无法猜测你的初衷

我只能以我的方式

表示一棵小草对一棵大树的崇敬

朱门酒肉臭

路有冻死骨

车辚辚马萧萧

在那样的岁月

你忘却了自己

我断定无人能够做到

今天，偶然想起你的诗句

想起你

想起那个集会的春天

想起花溪和草堂

还有那些忧国忧民的兄弟

王　羲　之

流觞曲水

兰亭雅集

那么多文人墨客在一片竹林里吟和

那该是何等的惬意

我生已晚

无法和你们一起坐在鹅池边上

看红掌清波

发出人生的慨叹

你被诗兴大发

并写下《兰亭集序》那样优美的文字

我真羡慕你的才情

那该是上天的赐予

还有你的字

随意的一划

飞禽走兽即被降服

姨母帖

平安帖

抑或丹阳帖飞白帖

那已不是墨痕

那是夫人的舞姿

你从人间升到仙界

无数来者苦苦追随

可惜无人能跟上你的脚步

就连你的儿子

写了一辈子书法

也只有一点儿像你

颜 真 卿

在这个世界上
文字就和石头一样
放在那里
就是一种标识
或是一个符号

文字只有装进情感
它才能站立起来
向世界讲述历史
讲述未来
讲述一个人的内心世界

你理解了文字
你把你的民族情怀
你丧亲的哀痛
用文字记录在《祭侄文稿》里
让石头流泪

你是书法巨匠

可我此刻无心说你的书法

那只是虎纹豹斑

我敬佩你是一个顶天立地的汉子

字如其人

文如其人

鸟在天空飞翔才是鸟

人只有守住灵魂

才是真正的人

今夜重读旧爱

真希望我也是你的侄子

孔 子

你坐在马车上

周游列国

一路奔波尘土飞扬

弟子三千贤人近万

共同追逐着一个梦想

你离开鲁国

奔向魏国

继而燕国

无论到哪里都无人理睬

你依然故我

继续前行

我不知道这是一种信念

还是一种无奈

颜回也这么想过

可他不敢对你明说

你走出一部《论语》

让后世君主痴迷

他们把你封为先师

封为圣人

不是为你

而是为他们的江山和他们自己

相信

你比我更了解东周

更了解当时那些君主

伊水一直流到今天

还是当年的颜色

仓　颉

仓颉应该是一棵古老的树

引来无数只鸟

在它的头顶做窝

引来无数只兽

在它身边舞蹈

它记住它们的样子

记住了它们留下的印记

于是，这个世界就出现文字

在天空飞翔

在地上奔跑

龙凤呈祥

凤凰于飞

虎踞龙盘

狐假虎威

文字将这一切记录在案

但人们已忽略仓颉

忽略那棵古树

只知道每天都吃它落下的果子

柳 宗 元

一顶破旧的草帽

一件遮不住雨的蓑衣

一根竹竿挑起漫天飞雪

你钓的不是鱼

钓的是挥也挥不去的寂寞

鸟在千里之外

飞过千山万水

飞过云朵飞过星辰

却飞不出你微闭的双眼

飞不出你噙着的两滴泪

长安城里此刻十分热闹

酒肆的门敞开着

一群达官贵人开怀畅饮

艺妓们漫舞长袖

抖动积攒半世的风尘

你独坐孤舟

江水静静流淌

一个洁白的世界

一尊千年不老的佛

李　白

生在唐朝是你的幸运

可以喝酒可以写诗

可以躺在长安街头呼呼大睡

醒来时醉眼蒙眬

举酒邀月再干一杯

故乡已经十分遥远

满腔热血只染红了一场梦

报效朝廷报效皇帝

在意气风发的日子

丢失了自己

被轰出皇宫的时候

还只是发发牢骚

还有银两还有青春可以挥霍

后来才发现不对

梦里长安已是别人的城市

骑驴走吧

一路向南

天涯何处无芳草

流浪，也许是这个世界上

最最独特的幸福

你一直走下去

走过江西走过四川

让诗长出三千尺长发

让酒泼洒一地月光

苏　洵

苏老泉，二十七，始学习，不简单

二十七岁

你开始发奋图强

行将就木的身子

一下子变得硬朗

诗书并进

为后人做出榜样

苏轼开始努力

让王安石刮目相看

苏辙也不示弱

兄弟一同

为朝分忧

你在眉州开始扬眉吐气

连峨眉青城诸山

都为你默默祝福

可你心中有数

你很担心你的儿子

才大伤人

你想对了

从苏轼到苏辙

官场都不得意

但他们都是汉子

从未向邪恶低头

如今，你和你的儿子都在九泉

我在尘世

我们无法坐在

一起进行

交流

这不要紧

我会用我的方式表达

对你的敬意

当我被簇拥在孩子们中间

当我被簇拥在孩子们中间
我仿佛又一次走回了童年
他们都是我从前的伙伴
我就是他们中间的一员

我们一起在教室里上课
听漂亮的女老师谈地说天
我们一起在操场上戏闹滚打
不小心扯破了谁的衣衫

我把纸条帖在别人的背上
无意中引来笑声一片
我被老师狠狠地批了一顿
还不忘向同学们做个鬼脸

我们一起到田野上去画画
我们结着伴去郊外登山

是在山上我们知道了人比山高

也是在山上

我们懂得了天外有天

今天我又找回了丢失的自己

幸福与快乐充溢着人间

生命原本永远也不会老去

只要你拥有一颗童心

就会随时都能够走回童年

加拿大秦朝

多好的名字
让人向往一个曾经辉煌的朝代
六王毕四海一蜀山兀阿房出
宫女如云，胭脂成河

大秦国兵强马壮
统一文字又统一车辙
数算，历法
设立郡县，声名远播

始皇，二世
他们多想让这样的美梦不醒
直到今天
树是秦朝的绿
花是秦朝的红

可历史总是被人改写

这是亘古不变的规律

就像风改写季节

就像云改写天空

秦朝

和我生在一块土上的兄弟

你去别人的国家里淘金

却要回到自己的故土寻梦

欢迎你，不只因为你的名字

晋北郝治国

你一笔下去

杨玉环就坐到了浴池的石阶上

那丰腴而柔软的肌肤

让在场的男人和女人

一同感叹

李隆基是条汉子

爱就必须无所顾忌

江山、美人

不是鱼和熊掌

爱江山自然不会忘记美人

晋北出煤

更是出美女和富商的地方

乔家大院，祁家大院

高高挂起的大红灯笼

映照出世间多少爱恨情仇

你是一个画家

你用你的笔为吕梁作传

那是一方真诚的土地

毛驴叫一声

都满含深情

你来长春访友

长春也是个有情有义的地方

笔墨诗酒

东北西北，情同手足

京 城 老 沈

皇城根确定是个了不起的地方

一只蚂蚁

一只臭虫

只要从那儿爬出来

都想趾高气扬

长春很小

大清国那会儿

只是皇家的牧场

可如今大清国不在了

新中国

从领袖到百姓都是公民

你到这儿来找钱

还挂满脸的傲慢

日本鬼子怎么样

在这里美梦十四年

到头来还不是滚回了东洋

长春人好客
可长春人眼里不揉沙子
若不是看你
酒喝得还算实在
你将永远无法再来

鲁 迅 先 生

一个值得尊重的人
一面不倒的旗帜

人生如梦
他会把你
从梦中唤醒

道路坎坷
他会用爱
帮你铺平

他的脚印可做路标
他的文章和他的名字
千古不朽

北京葛诗谦

写诗不能养家糊口
就带一帮商人满世界找钱
是诗人堕落了
还是诗人刚刚觉醒

我过过没钱的日子
没钱确是万万不行
可有钱又怎么样呢
酒肉穿肠，逢场作戏
买到快乐买不到真情

老杜一生潦倒
可也能自得其乐
浣花溪畔行吟
草堂中泼墨
字虽丑点，但很工整

兄弟，我说

你还是回去好好写诗吧

诗也是一种财富

它能让这个世界上富有的人们

告别精神的贫穷

想 起 老 邓

想起老邓

想那个冬天他在故乡的冰河上打滚

那是他从河南第一次回家

他说他做梦都想把自己变成一只陀螺

他吃着东北的高粱米长大

吃着吃着就把自己吃成一棵红高粱

跑到河南也没学会一句豫剧

张嘴就是苞米小烧的味儿

冲点儿，但品起来还挺绵长

他在别人的城市里过着自己的日子

独往独来打发时光

想家了就蘸着黄河水写写乡愁

然后拿到《诗刊》上发表

他很少和故乡的朋友联系

可故乡的河一直在他心中流淌

这是在诗中可以看到的

还有他的孤独他的无奈

以及他对亲情友情的渴望

老邓在郑州，我在长春

我们都可能成为飘落在他乡的叶子

在风中流浪然后化为泥土

再也无法回到故乡的枝头

老邓，回来一趟好吗

老邓
你已经好多年没有回来了
你在河南过得好吗

河南是大省
吉林是小省
小是小了点儿
可这里是你的家啊

你童年的院子
已经找不到了
那里盖了一座好大的楼
就是你在作业本上
画过的那幅画

老邓，你知不知道
我们的镇子已变成一座城市

树多了，路宽了
买卖街两侧全变成商场了

还有你工作过的文化馆
已经变成了社区的文化站
卖冰棍儿的大妈
每天都到那儿学画

老邓，你走后
我已经很少写诗
今天想起你
就是想和你说一会儿话

老邓，老邓
你回来一趟好吗

那 只 风 筝

老邓，我去郑州的时候

看到你的墙上挂一只风筝

我说，你还放吗

你说是的

然后就红了眼睛

我知道

你是把那只风筝当成自己

尽管飞得很高

但那是别人的天空

你说你永远牵在故乡的手里

飞得再远也不会断线

你宽慰我，说孤单点儿也无所谓

我们毕竟拥有同一片天

老邓，十几年了

我还是忘不了那只风筝

和那个不眠的夜晚

那大大的圆圆的

仿佛就是你的那张脸

老邓博客是你眨给故乡的眼睛

老邓，真没想到
你也开了博客
口袋里装着高粱米
用多厚的被子盖上
都能飘出那股
忘不了的香

你天天写着黄河
可你的黄河里
总流淌着辽河的水呀
梨树，松辽平原上的一个产粮大县
养活了多少中国人

你有多久没回来了
家乡已发生太大的变化
当年我们谈玄论道的地方
已长出参天大树

每到夏天
都能给孩子一片荫凉

我知道你也常常想家
常常想给你生命给你爱情的黑土
可想有什么用啊
回来吻一吻冰雪
才能找回温暖的感觉

当年，你和许多诗友
像风筝一样飘走
我多羡慕啊
可现在不再这么想了
我庆幸你们情感的线儿
还扯在我的手中

回来吧，老邓

叶落总要归根

何不趁着还算年轻

回到故乡

和朋友多喝几年老酒

老邓，你的博客很好

这是你让故乡让亲人

让所有喜欢你和你诗歌的人

能够看到的眼睛

老邓你也来坐我的沙发

今天打开博客
看到你也来坐我的"沙发"
你知道我多么高兴
就像身在异乡老友重逢

你写下的话
对我是太大的鼓励
我会努力做事
让天堂里的母亲
让黄河岸边的兄弟
永不失望

我们有过苦难的童年
我们也拥有幸福的今天
如果明天
我们还能健康地活着
就一定要把路踏得更宽

不是为了我们

更不是为了什么诺言

而是为了未来

为让我们的孩子

一路平坦一生平安

老邓，过年我回家了

老邓，过年我回家了
那感觉真好
一条路一幢房子
乃至一条狗
都是血脉相连的亲人

小南河还是冰天雪地
我在冰面上看到
你当年打滚的影子

那时我们多么年轻啊
像豆角也像黄瓜和韭菜
一掐就会淌出浓浓的汁液

文联，文化馆
我们活动过的地方都找不到了
可那些热爱文学的人还在

我在网上看过他们的博客

你也回来看看吧
不然我们就都老了
老了就少了激情
老了想走也走不动

家乡没有忘记我们
没忘记当年为梨树文坛
做出贡献的
高继恒，于耀江，邓万鹏

我在童心上签下我的名字

我在童心上签下我的名字

从此就再也无法抹掉

它将和孩子们一起长大

但却永远也不会变老

我签下的是一份责任

它不是一份虚假的广告

我签下的是一份义务

需要用终生的努力来还报

名字不仅仅就是名字

名字更不是简单的符号

名字一旦与诗连在一起

也会与诗一样变得崇高

我要让它长成挺拔的大树

绝不做一棵孱弱的小草

我要让它在稚嫩的童心上生根

绝不可在风雨中躺倒

在众多的树木中

它也许不会长得最高最高

但它开出的花朵结出的果实

一定会最美最甜最好

石油城的孩子们

石油城的孩子们
脉管里也流淌着石油
心中的诗情一旦喷发
便永不可收

他们以奇异的眼睛
观察人，观察世界
他们以甜润歌喉
歌唱生活歌唱自由

他们有许多梦想
都变成了美丽的诗句
他们有许多秘密
却一点也没对我这个大人保留

和他们生在一起
我也倏忽间变成了孩子

以真诚交换着真诚

就像久别重逢的朋友

我们谈论诗歌

眼睛与眼睛对话

也谈论未来和理想

心灵与心灵交流

他们是这海滨荒原上

最最娇艳的花朵

他们是这石油城

最最美丽的梦与追求

沈 阳 孙 琳

花非花
雾非雾
这个世界该变得多么复杂
多么混乱

女人
女强人
还是女人
这女人才是真正的人

女人可以征服男人
但并非能征服一切
世界是多彩的
人人都需要时刻睁大眼睛

女人是船
男人是女人的港湾

男人也是船

女人是男人永远的岸

孙琳是强人

她用她的智慧

证明女人不是弱者

孙琳更是女人

嫣然一笑

连石头都想俯首称臣

雄 野 之 风

认识了这方土地

就别再想寻找温柔

风会将一切

都重新雕塑

唐诗宋词的音律

古道西风的和谐

以及鸭掌下

红红绿绿的江岸

到梦中去寻找吧

十月已有暴雪光临

雕一野空旷

塑满树雄奇

立阳性的刚硬

于白色的苍茫

双筒枪的声音很美

血温暖着生之欲望

雄野之风

在天之一角

守护着一个

雄性的世界

雪　魂

——冬泳少女
以一千倍于严寒的力量
伸展着洁白的嫩藕
水花溅起江岸无数惊奇

少女之梦
幻化成湍湍流水闪闪烁烁
白鸽锋利的翅膀
击碎了男人的天空

还有什么不可以征服
一切都运行于光滑的掌上
只要你稍一用力
就可使整个世界战战兢兢

最可贵是那回眸一笑

雪花旋转成美丽的蝴蝶

白杨树会永远

记住这个冬天

雪　中

关东果真不是美女的关东

我在雪花中也寻不出他半点儿温柔

雄性的山水喂养着骁勇与强悍

一种思想

一种信念

都从属于烈性的高粱酒

这就是我人生的浴室吗

这就是我灵魂的棺床吗

生生灭灭的野草留下过什么嘱咐

为什么白桦林

总晾晒着少男少女的梦

你江河缄口

你天空默然

难道让我也变做一块石头吗

不，我需要声音需要色彩啊

我不允许我的关东这样死寂

我要歌唱

以飞泉与悬瀑的雄威

证明生命的价值

证明生我养我这片土地的富有

这是早春的情绪

雪地上有一种痛苦在脚下呻吟

榛鸡还没有回来

苍鹭也当在长江的怀抱

旷野茫茫，可怜那几株山柳

永远也伸不直感情的触须

雪花大朵大朵地飘落

我在记忆里努力寻找着一种植物的名字

大抵与这天气有关，但遗憾得很

《农桑辑要》只有寥寥几字

它被遗忘了，在关东之野

几千年半睡半醒，等待时机

一只狐狸突然出现在眼下

微笑之后是一片忧伤的空白

道路已经无法辨认
脚，用它飞鸟般的欲望证实了
某位哲人的预言
翅膀在击破樊笼的一瞬
也毁坏了自己
一种形态的意象刚刚萌生就被判处死刑
那风风雨雨的日子
那草木葱茏的日子
对于诗人，永远是灵感的旺季

雪 中 寄 怀

感谢有雪
涂满野暖暖的乡忧之色
踏，也踏不没
抚，也抚不去
我是牵在母亲手中的风筝

披一身雪花
雪野里多一尊雕像
背影在母亲的眼中放牧
不能长大
无法消失

狗，仍将那个冬天驮在背上
憨厚与友善
在原始雄悍和野性中寻求和谐
童年的偶像
落雪的颈上曾挂一只铜铃

遗憾

一切被渐渐长大的脚印覆盖

连那夜的雪花也变成盈盈泪水

不能轻弹也常常弹落

异乡里些许安慰

便是这雪的相思

森 林 之 魂

多少个猎人

多少采山者

多少伐木工

满满地干上一海碗烈酒

就踏着圆圆的憧憬

消失在绿色的海底了

山野之舟

手镐猎枪

和主人一同列入白毛风

划定的死亡名册

茫茫森林只因酒后的暴怒

就在狂笑中

让这些可怜的生命化作了石头

没有谁知道他们的下落

没有谁关心他们的命运

他们躺在各自选定的位置上

用没有知觉的手和嘴唇

摸抚光滑的虎背

亲吻着摇曳的人参花

思念，每个春天

都从返青的树上长出来

痴心的父母总要站在

送别的路口等他们回归

秋风又总令老人们失望

直到和村口的老树

一同埋入泥土

他们毕竟算不上英雄

人们只是在酒后

才能想起他们中间的某一个名字

给孩儿讲段惊险的故事

他们长眠在森林里

不知道他们走后

人们就忘记了他们

山坡上

没有哪一块竖立的哀思

凿刻着他们的形象

甚至没有一只鸟儿

肯在清明的枝头

为他们哭泣

不知过了多少年

乃至于多少世纪

我在这座森林中

又听到了他们的声音

仍然带着浓重的酒气

在天空中鸣响

啊，这绿色的

森林之魂啊

面 向 未 来

我为一个季节和一个愿望写这首诗
和你，和这座城市以及城市中所有的
人们共同唱这支歌
这是北国最威严最庄重的时刻
白色马群正奋蹄扬鬃于呼啸的风中
葱郁的松柏以其永不枯竭的绿色
蓬勃着东方神龙的渴望
五千年文明海洋般浩渺湮没愚昧与蛮荒
就这样，我们和我们的城市站在一起
高速路立交桥挺拔的高楼疾飞的白鸽

我们站在一起
我的喉咙里发不出任何声音
岁月的背影沉重地倾斜在广场的石柱上
计程车奔驰而过
少女的微笑摇成雪中的风铃
没有人能超越时间和历史

海关的钟楼在不时地警示着我们

那只美丽的红果还挂在窗前的树上

鸟是纷飞的音乐雪花是旋转的彩蝶

春天，春天，我们共同的恋人

正和我们一同雪地上歌唱

你应该听到也一定能够听到

列车隆隆开出站台思想正在天空飘荡

你知道你会和我们的城市一同招手

为我们自己送行

为过去的城市送行

我们说声再见就永远不要再回过头去

绝不可能把自己的脚印当成美丽的胸章

昨天，已经属于另一个季节

今天，应该拥有今天的太阳

让我们

和我们年轻的城市一起走吧

勇敢是勇敢者前行的通行证

悲观是悲观者自缚的无形网

在一万种形象中生存

才能有一万次人生的体验

血燃烧成火才能放射出七色光芒

我们不能让生命流逝于历史的遗憾

我们要用我们年轻的双手

在另一个季节里为我们的城市

收获笑声

告 别 荒 原

毫不留恋

也的确应该握一握手

那些日子委实不怎么好过

狼是梦的宾客

喝光了女人的眼泪

也没有学会善良和温柔

天空倒是很令人留恋

草也长得肥壮

只是那轮月的心思

至今还没有能够摸透

我也曾因此诅咒过自己

但嘴巴打得很不讲究

一只鹰曾

在我的头上盘来盘去

脚下的枯骨是先人的馈赠

他们没有理由

将我永远囚在这里

现在正是告别的时候

关　东　月

不是大唐盛世的那一轮

那一轮在春江的花船上

被张若虚饮了一半儿

（一到苦闷的时候他总要借酒残蚀）

关东月

是一位流浪的汉子从江南挑到塞北

挑过长城上了巍巍峨峨的长白山

于是它就在这里取得了户籍

年年岁岁照耀着美丽的传说

我从传说中走来

站在关东月下

我说不出自豪也说不出悲哀

祖宗的确是骁勇的啊

白毛风没有把他们吹倒

他们曾在狼群中追逐欢情

后来东北虎就名扬四海

我们有了一个共同的名字

我们走南闯北

心中燃烧着老白干的烈性

大豆和高粱

唱到哪里不让人流泪啊

松花江牵扯着多少人的心肠

流浪

关东的月在流浪

流浪

关东的心在流浪

我们不需要任何远方

我们的魂儿

日日夜夜

萦绕在故乡

我们归来了

踏着关东的月色

无垠的雪野温暖着我们的胸膛

白桦树陌生的目光

使我们不得不认真地思索自己

在如蚁的脚窝里

我们留给关东几许温情

我们端着关东的酒碗

酒碗中泡着关东的明月

我们饮得下去吗?

你,你,还有你

我们这些关东的子孙啊

我们已经告别了洪荒之野

文明之种在黑土地上结出了多少果实

黑水鞑靼

东海督都

那是多么遥远的历史啊

站在青铜镜的对面

我们看到了什么?

北方的记忆

刺玫果和白桦林

一直走到山的那边

那本没有页码的诗集飘得很远很远

六月的北方

涌动着疯狂的绿

棕色的人熊在多情的枯树旁

睡得正酣

记忆是一片片忠实的叶子

总是在雪融化的季节里回归

炭火盆烤沸的酒壶

醉倒过多少值得纪念的日子

坐上轻快的爬犁

人生在风雪的爱抚中开始

跌倒在野猪

和狼狐的山径上

我认识了双筒枪和猎人

作为男儿

我不曾吝惜过血

樟子松顶起蓝色的穹顶

我曾是北方

明亮的眼睛

我曾用爱暖过石头

石缝长出嫩嫩的野草

我曾骑在鹰的背上

去慰问偏依在天边的星星

我没有忘记我走来的方向

没有忘记怎样撕破了那张网

常春藤缠着金色的诱惑

我曾攀缘在临渊的绝壁

那头小鹿并没有死

望断天涯感动了太阳

我们一同回到母亲的怀抱

只是都长出了胡子

银色的流光

为我刻下北方的记忆

回过头去

竟是一面

打也打不破的镜子啊

北　方　女

秋天和红高粱站在一起

冬天和白桦树站在一起

像六月里回归线上的太阳

一样热情和泼辣

像九月里的山菊花

傲煞所有骄矜和艳丽

这就是剪去了粗辫子的北方女

这就是让大脚片在集日里

也蹬双高跟鞋的北方女

她们不再像梳辫子时代

那样孤陋寡闻

把隐约的山影当成天的边际

她们也知道诗歌可以表露感情

在结束一天的奔波之后

用爱情去装点宁静的黄昏

她们不再怕好唠叨的风说长道短
宽阔的心胸可以容下整个世界

这就是戴上太阳帽的北方女
这就是也知道在乡邮局里
订一本青年杂志或者《诗刊》的
北方女

她们中没有人
再安于针线、刀剪、锅碗瓢盆
常常用孩子的天真
给自己提出无法解答的问题
比如：女人有多少种性格
男人的秘密是什么颜色
苦闷时就给报刊写封询问信
在末尾处
署上一株小草或小花的名字

她们学会了为自己设计
一座座幻想中的金字塔

即便那塔影缥缈得像天际的星星

谁也不会为自己的目标失望

她们不许山外人说她们粗野

她们早就学会了温柔和体贴

她们更不愿让人说他们愚笨

如果在乡间举办一次舞会

她们也会跳一段

优美的迪斯科或者伦巴

这就是带着北方骄傲的北方女

北方男人的太阳

北方的太阳

北方的太阳

不是窈窈窕窕的江南女

没有三月桃花的娇艳

没有四月柳丝的矜柔

北方的太阳

是雪地上

背着猎枪的汉子

（一个打死过野猪、狐狸、黑熊和狼的汉子

一个和老虎交过朋友的汉子）

他经历过困惑和迷茫

他咀嚼过痛苦和悲伤

他的血曾喂养无数个传说

让爱之蓓蕾

温暖每一道山梁

他没把这些写到功劳簿上

祖宗时的规矩似乎就是这样

在一阵阵剧烈的疼痛之后

便挺起为妻子挡过山风的胸膛

双足踏着北方凝固的海浪

给绿色的林帆

带来一次次起航的希望

信念的风在黑色的海面上吹拂

每一条有生命的鱼

都生出幻想的翅膀

他永远也不会倒下

尽管那沉重的影子

总在酒碗里摇晃

要热烈就燃烧成熊熊大火

沉默了

就沉默成红宝石巨雕

城 市 印 象

疯狂的车
紧拽着疯狂的路
整座城市
都在疯狂地跑

这是早晨七点钟
七点钟是打开的水龙头

这一刻，男人匆匆
女人也匆匆
孩子像一群受惊的马

这一刻，只有警察
站成了生根的树
枝叶在风中不住地摇

这一刻，谁站着观望

谁就会被抛下

早晨的城市不等人

走 向 春 天

就这样，我们
一起出发踏着黎明的血色
没有旗帜
行装也十分简单

脚下的路
有些很不可思议
总与欲念保持着相同的方向
即使有无数条河流从中穿过
也无法阻止我们

我们的目标很远
大体是在那片荒原的尽头
据说那儿生长着浪漫的故事
在我们到达之前便可成熟

是否能够得到

这不太好说

有人也曾领悟过太阳的启示

但遗憾的是

黄昏时误入了失明的山谷

祖国啊，祖国

此刻，我站在北方的秋阳里

和这片土地这座城市一起

为我古老而年轻的祖国放歌

我们高举着手臂

高举着信念和鲜血染成的旗帜

脉管里涌动着长江涌动着黄河

浪涛拍打着心灵的堤岸

沸腾的血液燃烧成熊熊的烈火

啊，我的祖国，我生命的船舶

五千年风雨飘摇

你闯过多少坎坎坷坷

太古洪荒中你找到一只文明的陶罐

石刀石斧斩断荆棘和荒蛮

圣水让一粒粒种子发芽

让一棵棵树木开花

一群男人和一群女人共同栖息劳作

用生命写下了人类最古朴的赞歌

我的祖国在这歌声中渐渐长大
那远古的文明演绎成一个又一个传说
舜耕历山，历山也经受了战争的折磨
大禹治水，黄河也留下了无数悲歌
火药、指南针、造纸和印刷术
一同走进文明走进历史让世界震惊
但紧随其后的还有战乱、灾荒
和帝王马车印在
人民脊背和心灵上的一道道车辙

然而，我的祖国并没有因此流泪
隆起的山峦傲立的树木是他不屈的性格
他沉默如一头巨大的东方睡狮
醒后的一声长吼，将沉重的山石震落
"中国人民从此站起来了！"

当一位伟人庄严地向世界宣告之后
他笑了，系上彩绸挎上腰鼓
像一个天真的孩子
在艳阳下的大街上跳得活活泼泼

五星红旗在锣鼓声中猎猎作响
人造卫星在锣鼓声中飞上天空
还有那大片大片的城市
也伴着鼓点像庄稼一样拔节生长
将我的祖国长成一位东方巨人
他高扬的手臂是一面不倒的旗帜
深沉的目光注视着整个世界
雄壮的胸膛激荡着五洲风云

我为我古老而年轻的祖国骄傲
纵然选择一万次也要作他的子孙
如今他正阔步走向一个新的起点
要以世界最高山峰的姿态
屹立东方，屹立于世界民族之林
他一手托起太阳，一手托起月亮

又一次向世界宣告——

最响亮的名字是中国

最明亮的地方是——东——方

在祖国的节日，我为祖国放声高歌

心中不仅充满快乐也承受着沉重的负荷

我感到长城像一道鞭影抽打着我的脊背

我感到历史像一团火焰炙烤着我的心窝

作为祖国的儿子我们不能躺在先人的背上

路在脚下，最壮丽的人生是以血作歌

我们要把祖国扛在我们每个人的肩上

走向繁荣，走向富强，走向美好的新生活

遥远的雪线

严寒严寒严寒严寒
只有冬天才能体会我关东的威严
飘逸缠绵属于江南的细雨
关东只收留粗犷豪放的男子汉

森林给童话插上了飞翔的翅膀
山石镌刻着祖先的遗言
光荣和耻辱
同样被深深埋在雪下
不管落下的叶子是扁是圆

任情感的激流在旷野中放纵
任幻觉的鸽子在风雪里飞旋
我深信我的世界博大而不空旷
我深信我的世界辽阔而不虚幻
头上有火辣辣的太阳
视野里永远有一条遥远的雪线

我要用我的青春和热血

为我的关东建一座诗碑

不祭奠鬼神，也不祭奠祖先

我要把我的心高高地端放碑顶

当生命也被深埋雪下

为生养我的土地

留一朵永不凋谢的雪莲

沼泽之梦

那片沼泽是三千年前的历史

芦苇茂密，有野凫出出进进

剪破了零乱的流云

小船是从远古飘来的一片叶子

桨，纤软无力

太阳夜夜在草丛中停泊

有野鹿呦呦

有狼骨堆放在灰烬之上

有一支让人难于忍受的调子

扩大着夜的广角镜头

远方并不需要完全看见

哲学有时只能是一种片面的理解

三千年前的陶罐是文明的晶体

三千年前的流水

灌溉了人类生命与艺术的庄田

谁都无法否认生命传于祖先的圣树

一颗果实落地一蓬新绿耸起

于是，沉默的沼泽失去了安宁

有鸥鹭翔空，有帆影远逝

有圣水从龙口一直流到今天

如今种子仍然是种子

连一株水柳也没有改变原始定式

鹰在空中

月在空中

伊索寓言讲述着阿拉伯的故事

对于历史仅仅注释

或者说明已经不够

躁动的季节

太阳鼓敲醒了沉睡的北方

光之羽辉映着鸽群的翅膀

再也按捺不住蓄积已久的冲动

季节河无可奈何

时间之路架满了欲望的桥梁

冰层崩裂

风化之墙在顷刻间化为乌有

鱼儿跃出苦难的海面

宇宙间飞翔着

一只自由的船

没有人能阻止意念的脚步

泉流总是在重压下喷出

有一种声音呼唤着祖先的名字

山的回音

水的回音

同样给人以浪的冲动潮的鼓舞

驾一叶轻舟

或跨上马背

路在前方全由你自己选择

树的形象

在这一刻最不容被人忽视

直指天空是大地的快慰

这应是一个完全裸露

毫无掩饰的胴体

每一寸肌肤

都是一片充满生机的土地

读懂读不懂都无关紧要

风的走向总与海不无关系

我不能将自己

在这个季节还置于潮流之外

我是春天额头上一颗微笑的水珠

对于时代诗人的力量实在有限

我只能证实自己的存在

并用生命印下岁月的履痕

心中的太阳

我要以我的血来作歌

我要用我的生命来演唱

在这流火的七月

在这生长的季节

献给党——我心中的太阳

我知道我不是一个称职的歌手

我的歌声不很婉转也不很嘹亮

我知道我不是一个出色的诗人

我的诗不很美丽也不很雄壮

可我的心灵已被你的光热熔化

你的血正在我的脉管里涌动流淌

如果把我比做一棵小草

是你让我绿得傲慢绿得疯狂

如果把我比做一棵小树

是你让我长得挺拔长得昂扬

是你给了我生命并照耀我成长

是你镀亮我的人生并让人生发光

为了感谢这份深情

我曾幻想成为你的土地

左臂流淌黄河右臂流淌长江

我曾幻想成为你的山脉

横着做大地的脊梁竖起做蓝天的屏障

可惜我只是一块石头一粒泥土

那么就让我

为你的大厦奠基为你的草木增养

请允许我以儿子的身份向你敬礼

感谢你给我温暖给我智慧给我希望

请允许我和七月一起为你高歌

我的母亲——心中的太阳

某 个 下 午

时间的尾巴夹在
一张报纸的中缝里
头儿们出去喝酒
椅子已经习惯于这种悠闲
那只茶杯也仍然
没有什么事情可做

一群可怜的女人
挤在由文字堆成的小岛上
刺刀血淋淋的
难说那些光滑的胴体
还有没有一点儿美感

门开了
又关上
我不敢也不想回过头去
我担心看见每一张微笑的脸

都在瞬间

变得十二分狰狞

索性将呆滞的目光送到窗外

那棵苍老的树上

栖落着一只鸟的童年

我知道我再也无法

走回自己的世界

电话铃响了

我必须先戴好面具

1989北国之夏

七点钟

一条彩色的河流冲决了时间的堤岸

你高高地翔于蓝鸽之背

看街树疯狂地奔跑

太阳是一位忠实的水手，你想

七月风已涨满绿色的生命之帆

没有人会相信这不是童话

在女人的季节

男人们自然而然地都变成了鱼

或顺流而下或逆流而上

无论网或者钩或者罩

在这样的瞬间完全失去了意义

你在寻找

寻找恐龙时代的一句名言

寻找脉管里流动的声音

我相信没有任何力量能阻止得了

你只相信规律相信第七感官

你说，这不是七月吗

中国北方赤烈得如一只火炉

黑色的土地如燃烧的煤块

我们是什么？你用询问的目光

注视着灵魂的窗口

那里有几只鸟儿

无忧无虑地梳理着羽毛

这正是帕布罗·毕加索的绘画

抑或巴勃鲁·聂鲁达的诗歌

你也许还想过惠特曼、马雅可夫

艾吕雅、艾略特以及埃利蒂斯等等

可这没有必要

爱与自由不仅仅是他们的恋人

我一直在谛听着你奇特的心跳

我的一切力量

都源于你赤裸的躯体

我的黄皮肤黑头发黑眼睛的北方啊

我的黄皮肤黑头发黑眼睛的民族啊

在这生机勃勃且又灾难重重的季节

你首先想到的该是什么?

呼　　唤

雕塑师的血

流进青铜流进大理石花纹

流进白鹤舞动的风翅

流进少女柔情的目光

于是大小的雕像走到街上

宣布他们

是这里最优秀的市民

正是小草发芽的季节

凤凰树疯狂地摇曳着

玫瑰色的天空

有鸽哨拨动阳光的弦语

有绿色之手

奋力于历史的苍白

我无法记述这座城的激动

记述这个早晨怎样

在露珠的痛苦中更生

路线车依旧在每个站点停下

但太阳照亮的

却不是昨日的梦境

青铜的语言

石头的语言

以刻刀的力量嵌进每一只

陌生的耳朵

呼唤——

醒醒　醒醒　醒醒

醒醒　醒醒

醒醒

共同的宣言

一支绿色的劳动号子

穿过古老的世纪之墙

穿过地中海阿尔卑斯山和塔什拉玛干沙漠

在古埃及金字塔遥望过的万里长城

在太平洋之岸

在龙之子孙生长的地方激越地回荡

世世代代脸朝黄土背朝天的东方汉子

哼着黑土里长出的关东小调

哼着黄河水洗亮的纤夫谣

哼着信天游和青海花儿

在祖先的胸脯上种上一道跨世纪的风景

美利坚工人阶级的旗帜

恩格斯巴黎的红色预言

沿黄河的走向沿长江的走向播撒一路花雨

一片片楼房长起来

一座座城市长起来

历史托在一双粗壮而有力的手上

任何一种力量都无法更改

劳动创造了人类

劳动使这世界走出荒蛮多姿多彩

劳动将一则则神话改写成小说和剧本

并真实地再现于现实的舞台

劳动让和平的鸽子将爱之橄榄插遍全球

把挪亚方舟变成友谊的彩船

今天我和五月一起为劳动歌唱

看五月的风踏浪而行涨满时代之帆

此刻，诗已显得苍白无力

只有那风那支绿色的劳动号子

让每一颗心都在同一个节拍上震颤

啊，在这节日里为五月激动吧

那风，那风是全世界劳动者的共同宣言

海　潮

1

当极地之风催你起步的时候

大海便失去已往的平静

有沉渣浮没

有波涛汹涌

有木船不停地划来划去

给世界送来一个个

令人震惊的黎明

银鸥展翅

云燕穿空

鱼儿自由自在地游来游去

太阳总是很红很红

2

历史

不能不在这个时候驻足思考

烧荒的野火还在燃烧

火过之后是一片什么样的景象

文明走在路上

会不会被贫饥勒死

还有那只受过伤的翅膀

还有那根光滑的拐杖

能不能重新飞起

能不能毅然扔掉

3

历史作不了回答

涛声使怯懦者十分害怕

这时只有高尔基笔下的海燕

是你最忠实的恋人

天空被它征服了

死亡被它征服了

它自由自在地穿梭于云雨之间

它知道拼搏之后

得到的会是什么

4

我从来未曾真正地认识过大海

我想象不出你拍打岩岸的气势

但我知道

那一定令人十分激动

你会把一切腐朽的摧毁

你会把一切坚强的考验

让发抖的去发抖吧

水手们已离开了码头

解开了船的缆绳

5

这是我献给你的颂歌

在你敲响黎明的时刻

早晨的空气真好啊

秋天的风十分强劲

我站在离你很远的地方

再一次想象着你的雄姿

白鸽滑过蓝天的一瞬

地平线上有红日喷薄

寂寞沙洲

我躺在这被水

树木和芦苇隔离的沙洲之上

鸟儿也不是我的朋友

它们在树杈上和苇丛中

肆无忌惮地欢呼雀跃

像是在向一个曾经

让它们不悦的朋友示威

它们在天空中飞来飞去

它们在鸟巢中卿卿我我

它们完全不顾及我的感受

让我在它们的快乐中倍感孤独

我强迫自己闭上眼睛

我希望能在最快的时间入梦

我用尽一切力气

回想围在父母膝下的日子

那是和它们一样快乐

一样自由的时光

它们仍在快乐着

我却只能孑然地卧在这里

这不是父母的责任

也不是我的过错

要怪只能怪这世界变化太快

让一个天真的少年变得如此成熟

孤独，一棵树立在风中

一棵草立在水中

一只鸟飞在空中

一滴雨落在土中

一个孤单的行者走在无边的沙漠

我多么渴望有一片云飘来

我多么渴望有一叶舟划来

我多么渴望有一条鱼游来

我多么渴望有一个人站在远处

呼唤我的名字

可是，这一切都没有

有的只是寂寞

让影子睡在我身边

让我的喉咙发不出声音

不是我要远离喧嚣

是这个世界把我当成了石子

在这浩渺的水面上

打出一个并不理想的水漂

尽管如此

我还会耐心地等待

等到湖水退尽

等我曾经渴望的山

渴望的树渴望的人

渴望的一切向我走来

党　旗　颂（三首）

镰　　刀

这个千百年来只被用于

收割庄稼的家伙

毛泽东发现了它新的用途

他率领他的伙伴

在荆棘丛中开辟出

一条让中国走出黑暗的道路

铁　　锤

当那一页历史

在熊熊的炉火中烧红之后

一群不甘于受奴役的汉子

抡起铁锤开始敲敲打打

一群人倒下去

又一群人冲上来

他们用鲜血和汗水

缔造出一个崭新的中华

红　　旗

血的颜色是霞的颜色

许多人的血融在一起

就汇成了这片霞光

这就是老一辈革命者

交给我们的旗帜

将永远扛在

共产党人的肩上

儿子从北京飞回长春

三月十九
是我五十岁的生日
儿子从北京飞回长春
他给我打了一个电话
说他需要家门的钥匙

他只背一只书包
他的书包里没有礼物
他说长春太冷
回家穿上了我的衣服

他在酒桌上
看着每个人为我敬酒
他也频频举杯
把脸儿喝得通红

他始终嘻嘻哈哈

不停地和朋友说话

敬酒时感谢所有亲友

感谢大家来为我祝福

之后就是希望

希望在座的每个人幸福安康

之后就是一饮而尽

展示出男人特有的豪爽

直到别人离去的时候

他才坐到我的身边

深情地对视片刻

一只手搭上我的肩膀

那一刻

身上很暖心里很酸

除 夕 之 夜

除夕之夜

我和儿子喝得酩酊大醉

父子已无辈分

亲情何等珍贵

他拉着我的手

我拍着他的背

忘了年龄

忘了自我

一杯一杯

我为儿子骄傲

儿子为我流泪

历史不堪回首

一辈强过一辈

任风雪肆虐

任雨打风吹

只要父子同心

一切都无所谓

告 诫 自 己

做一头牛

切不可放弃牛的脾气

宁可遭受皮鞭的痛苦

也绝不屈服

做一只虎

必须拥有虎的威风

即使倒下

也要让别人害怕

做一个人

一定要有人的尊严

威武不屈

贫困不贱

做一棵草或者一棵树

就要蓬勃向上

用自己的身体

支撑起一片蓝天

儿子是我的老师

儿子是我的老师

儿子像松树一样正直

在他七岁的时候

发生过这样一件事

他姥爷说

你这么小交什么朋友

朋友将来会背叛你

儿子回答

你说的不对

背叛与我无关

那是他的问题

只要我问心无愧

就永远对得起自己

五 十 自 度

五十知天

天，很高很高

云，很淡很淡

太阳月亮

很远很远

天是一个十分神秘的地方

想要看清

很难很难

五十知命

命是生的极限

太阳东起

月亮西落

日复一日年复一年

生老病死

没人可以预见

真正可知的只有内心

痛苦未必流泪

快乐未必颜欢

春夏秋冬

人情冷暖

与人为善

自得心安

除此，还有什么

茶有时浓

酒有时淡

浓淡只有心知

自己对自己永远不应背叛

活着

就好好地活着

一切都要随缘

树活千年终有一死

人生百岁只是瞬间

五十已不是小的数字

从今天出发

朝着选定的方向

背上信念和给养

能走多远就走多远

给别人别添麻烦

给自己别留遗憾

雨　中

对面的那片风景
在雨中显得更加清晰
楼恢复了原来的面貌
树愈发绿了

一位大妈撑一把纸伞
在石板路上东张西望
她一定是在寻找
丢失在雨中的童年

在雨中疯跑的女孩
是她小时的影子吗
蹦蹦跳跳
也无法回到从前

从前没有烦恼
从前只有欢乐

从前是那片盛开的紫丁香花丛

蜜蜂来来去去

雨敲打着玻璃

叮叮当当

雨中的大妈和女孩都已走远

雨，一直在下

城市在雨中渐渐长高

面对一只猫和一只枭

一只猫

卧在窗台的阳光下

甜甜地香香地睡

一只枭

蹲在树杈的月光里

闭一只眼

睁一只眼

静静地看

我在白天和黑夜

站在它们的对面

守着窗口一片恬淡

猫始终安闲

枭始终惊恐

我想告诉它们

说我不是坏人

可惜声音太小
它们都没有听到

月 满 中 秋

中秋是块月饼

咬一口很甜很甜

中秋是颗葡萄

吃一粒很酸很酸

酸酸甜甜

月缺月圆

生活就是这样

没有人能够改变

月亮每个中秋都这样注视我们

担心人生将路走偏

它用清辉洗涤世界

让生活光明灿烂

月满中秋

月亮总是无言

它就像天堂里的亲人

默默地将爱洒满人间

站在十字路口

站在十字路口

我要给那边的亲人邮寄纸钱儿

火光闪闪烁烁

那是亲人手中的灯盏

小年到了

天堂里的亲人

又要将儿孙挂念

儿孙也是一样

孝心燃烧着这不眠的夜晚

现在日子好了

当年的土屋已经变高楼

吃腻了山珍海味

更想吃一口你们做过的粗茶淡饭

我知道你们一直在

远方注视着我

紧抿双唇泪光闪闪

这就是远方割不断的血脉啊

紧紧地连接着这边和那边

回 乡 的 路

回乡的路

很短很短

在地图上近在毫寸之间

回乡的路

很长很长

从想家的那刻起

竟走了四十年

至今仍未到家

仍在路上蹒跚

就像大海中的船只

渴望着前方的岸

家乡本就须发皆白

如今不知是何等容颜

我都已经快要老了

更老的还有

梦中那一座座大山

家乡是山坡上的树

我就是树上的叶片

叶落总要归根

不知走向家乡

该到哪一天

穿越历史长廊

走进历史博物馆

穿越长长的历史长廊

这也是一次旅游

每一处都展示出无限的风光

祖先是伟大的

他们从树上走下来

走进了文明

走出了洪流

从母系社会走向父系社会

从黄河走向长江

从战争走向和平

从贫穷走向富强

历史就这样一直在走

就像一条河一直在淌

我们每个人

都是这河中的鱼

永远游不到岸上

故乡的小河

故乡的小河

是故事最多的地方

它们游来游去

就游到岸上来了

或变作一棵老柳

坐在那垂钓云朵

或变作一朵野花

晚霞中灼灼如火

我来时它们仍在

只是没人理我

那是个孤独的夏天

鱼在水中吞吐寂寞

我在河边走来走去

留下深深浅浅的脚窝

后来变成了小船

和故事一起下河

现在它们在哪儿

我已经无法知道

我只知道那个晚上

月亮唱了一首美丽的歌

今 夜 无 眠

今夜无眠

无眠于五月十二日十四时二十八分

那一瞬间地球的恐惧与震颤

无眠于一座座城市、村庄、学校、工厂

一座座楼房轰然倒塌

无眠于流血的瓦砾中

一声声撕心裂肺的呼唤

今夜无眠

无眠于总理机舱里

部署救援时坚毅的手势

无眠于他嘶哑的声音和熬红的双眼

更无眠于他蹲伏在废墟上

捡起的那只暗哑的书包

和那双永远也走不回家的鞋

今夜无眠

无眠于我们这个民族的伟大

大难无惧大爱无疆

一方有难八方支援

无眠于解放军官兵脸上的汗水和手上的鲜血

无眠于涌动在全国各地奉献爱心的长队

无眠于那来自灾区农村的

一车黄瓜和最简单的餐饭

今夜无眠

无眠于面对死神

作为一个诗人我无能为力

无眠于我们的一个又一个兄弟姐妹

就这样在灾难中走了

他们有许多话没有说出

有很多事还没有做完

今夜无眠

在东北在长春这座遥
远的城市
我只能坐在泪水里
面朝西南面向汶川
为所有的死难者守灵

致汶川兄弟

在灾难中倒下

就必须在灾难中站起

是男儿决不能服输

躺在那甘为基石

站起来顶天立地

灾难并不可怕

可怕的是没有战胜灾难的勇气

只要我们万众一心

困难就会悄悄远去

有位哲人说过

每个人都是自己的主宰

每个人都是自己的上帝

路在自己脚下延长

命运，更握在你的手里

中华民族是一个幸福的家庭

十三亿中国人血脉相连

都是同胞兄弟

失去一个亲人还有无数亲人

我们和你永远站在一起

前方有激流险滩

我们就用爱铺路架桥

前方寒夜漆漆

我们就燃烧成熊熊火炬

地震可以让一座城市变成废墟

但绝不能让一个中国人瘫倒在地

汶川兄弟,我们是炎黄子孙

快在瓦砾中站起来吧

让生命飘展成旗

亲人们已经为你送去粮食和水

爱,是人生最重要的补给

只要有爱就会拥有一切

这是亘古不变的真理

汶川兄弟

此刻我在长春为你写这首诗

我代表长春七百四十万人民

向你致意

你是好样的，你必须学会坚强

汶川需要你

祖国需要你

夜 行 客 车

在城市的一隅

夜行客车载着夜的沉重

在街巷中穿行

黑暗被灯光刺破

但那流不出血的伤口

很快就在黑暗中愈合

坐在车中

坐在异乡的梦里

今夜已无家可归

乘客们陆续到站

路仍在无限延长

我真不知谁愿与我同行

自 由 女 神

在曼哈顿
一个很小很小的岛上
自由女神高举着火把
日复一日
年复一年
等待着人类共有的
星星、月亮和太阳

她一定很累很累
手臂又酸又胀
她的腿已经站得僵直
双脚更无法
再把土地丈量

她为什么
不能放下那只火把
四处走走

在树荫下坐坐

或在草地上躺躺

她是自由女神

可她失去了自由

在那个号称自由的国家

在那个充满了自由的岛上

却又失去了自由

遥 望 北 京

站在窗前遥望北京

透过阳光仰或雾霭

虽然我只能看到不远处的树和楼顶

我却仿佛总能看到

你奔波在大街和校园里的背影

儿子

你智慧的头脑是我的骄傲

你正直的人格是我的自豪

可你那瘦削的脸和微驼的背

却是我心中隐隐的痛

我不该把所有的梦想

都让你用稚嫩的肩膀扛着

你是一棵没有长大的树

你没有责任为别人遮风挡雨

你是一只刚刚会飞的鸟

你的羽翼还不够丰满

如何可以穿越无垠的沙漠

儿子，你太累了

千万别让世俗和无知把你压垮

你是家的希望更是家乡的希望

你肩负的不仅是家族的未来

还有我们这个民族

你要咬紧牙关挺直腰杆

盯紧目标守住寂寞

守住童年的志愿

守住心灵那片最神圣的净土

不管璀璨的天空充满多少诱惑

儿子，老爹相信你

你更要相信自己

你是你命运的主宰

你是你自己的上帝

船，已在风浪中扬帆启航

舵必须时刻握在手里

纽约的玻璃房子

世贸大厦

大洋彼岸一座具有

无限魔力的玻璃房子

曾把地球上最大的城市

和那座城市的天空

以及天空中的一切

揽入自己的怀中

它拥有云朵

拥有飞鸟拥有花草

树木、汽车、轮船

可它仍不满足

它把整个身体都变成了眼睛

窥视着整个世界

它在阳光和月光下

不断地变换着色彩

让这面耸立在天地之间

的巨大魔镜

充满神秘的诱惑

淘金者从四面八方赶来

怀里揣着刀、枪以及只有

中国才能生产出的烈酒

从距天空还有

四百八十公尺的地面

向上攀登

可它突然倒了

倒在2001年9月11日

魔鬼放飞的那只飞鸟的翼下

它放弃了自由也放弃了和平

可它始终也没有放弃

航母和地对空导弹

它仍做着它活着时的那个美梦

七月的太阳

——唱给党的赞歌

我要以我的血来作歌

我要用我的生命来演唱

在这伟大的节日

在这庄严的时刻

献给七月，献给七月的太阳

我知道我不是一个称职的歌手

我的歌声不很婉转也不很嘹亮

我知道我不是一个出色的诗人

我的诗不很美丽也不很雄壮

可我的灵魂已被你的光热溶化

你的血正在我脉管里涌动、流淌

啊，七月的太阳

我心中的太阳

如果把我比作一棵小草

那么是你让我绿得傲慢绿得疯狂

如果把我比作一棵小树

那么是你让我长得挺拔长得昂扬

是你给了我生命并照耀我成长

是你镀亮我的人生并让人生发光

啊，心中的太阳

七月的太阳啊

为了感谢这份深情

我曾幻想成为你的土地

左臂流淌黄河右臂流淌长江

为了报答这份厚爱

我幻想成为你的山脉

横着做大地的脊梁

竖起做蓝天的屏障

可惜我只是一块石头一粒泥土

那么就让我为你的大厦奠基

为你的草木增添营养

啊，七月的太阳

我心中的太阳

请允许我以儿子的身份向你敬礼

感谢你给我温暖给我智慧给我希望

请允许我和七月一起为你高歌

歌唱你的伟大你的刚毅你的善良

啊，七月的太阳，心中的太阳

愿你永远火热永远蓬勃永远向上

今夜星光灿烂

此刻

我一个人坐在院子里仰望星空

晚风徐徐让树叶万分激动

月亮很远，星星更远

星月之间一抹深深的蓝

我的城市已经入梦

我在城市的梦里

谛听兄弟姐妹的心声

祖国是我们共同的母亲

祖国是一个温暖的家庭

今天是祖国的生日

今天是我们的节日

我们在母亲的怀抱里健康成长

小树长成大树

花朵结出丰硕的果实

这是丰收的季节

这是北方的秋天

漫山遍野的玉米、大豆、高粱

芳香四溢

稻穗谷穗低下了沉甸甸的头

我的城市和田野容为一体

高铁高速路和飞机

已经拉近了整个世界的距离

四海一家祖国统一

中华民族无人匹敌

战争是一段苦难的历史

距离今天已经十分遥远

今天的世界是一个和平的世界

狮子、老虎也可以坐在一起

和山羊品茶论道

仰望星空

我为我的祖国骄傲

它已成为又一座高峰

它就是屹立的珠穆朗玛

我们因它而腰身挺拔

仰头与世界对话

在这个特殊的日子

我要和山川、河流、花草

树木一起为它祈祷

祝福我的祖国青山长绿、绿水长

流

祝福人民远离灾难幸福安康

今夜，星光灿烂

今夜，注定无眠

祭

——献给在德惠603大火中失去生命的兄弟姐妹

2013年6月4日

我要代表我们生活的这座城市

代表这里的父老乡亲

代表君子兰、黑松以及

所有花树木

代表一切有生命有情感的生灵

为在大火中远去的兄弟姐妹送行

一路走好

一场灾难

让一群正午的太阳突然陨落

让一百多个家庭天空塌陷

让一座最有人情味的城市

满含悲情

你们是无辜的花朵

被袭来的飓风吹落

你们是烈火中的凤凰

带着美丽的梦想

带着生命中的诸多遗憾

走向涅槃

伊通河和松花江一起哽咽了

不为死亡为死亡留下的痛苦

黑云涌动

那是亲人们抽搐的肩膀

苍天垂泪

泪水寒冷成一场冰雹

你们安心地去吧

生命是水

能流过去就可以再流回来

我和我们的城市一起等待

等待若干年后

在丁香花盛开的花瓣上团聚

国庆，献给人民教师的颂歌

赞美你

我要从赞美一支粉笔开始

铮铮铁骨，一身正气

描绘青春图画

书写万丈豪情

用生命的粉末堆出一座座图标

引领孩子们走出精神的荒漠

走向幸福

赞美你我还要赞美蜡烛

那是从古代一直燃烧到今天的圣火

孔子的膏油燃尽

孟子又点燃自己

现在捧在你的手上

你也燃烧起激情

让世界少一点寒冷

多一缕光明

还有那些雨点那些露珠

它们都是你的化身

从天上掉下来，落进泥土

不声不响让种子开出花朵

让小树长成森林

人们在风雨中欣赏风景

你却在叶子的呼吸中消失

飞回天空

去浇灌另一片没有长高的树木

我还要赞美自己

我曾经也做过人民教师

白天站在讲台上授业解惑

晚上读书、写作

爱让我成为终生用爱写作的诗人

在祖国的生日我们的节日里

我要把诗和爱都献给你

人民教师，一个最最神圣的职业

一群最最普通最最伟大的人

祖国，今天是你的生日

祖国，今天是你的生日

所有的花朵都在尽情绽放

就连我面前这一摞摞作业本

都张开笑脸

希望分享你的幸福

可是，此刻我的心情有些沉重

眼前不是我想看到的那片风景

沙漠为了掩盖沙漠

幻化出海市蜃楼

那虚假的美丽让多少人受骗上当

我希望我的学生

都能从种子变成花朵

或者从幼苗变成参天大树

不是为某个人遮风挡雨

是要为这个世界撑起一片苍穹

天空下

碧水为青山浇灌绿草

绿草为大地织补衣裳

让沙漠不再是沙漠

水的边缘长出一片片绿洲

然而，这些唯我独尊的花朵

不肯接受风雨的洗礼

躲在花房里尽情享乐

如果一旦灾难来袭

真不知他们怎样去面对生活

这不是危言耸听

也不是痴人说梦

作为一名教师

一个孩子精神的引领者

他们不肯觉悟

我真的痛心疾首

当然，并不是

所有的他们都不知道自己是谁

还有那么多肯于担当的孩子

刻苦学习，茁壮成长

立志成为传承文明的使者

窗外一朵蔷薇探进芳香的头颅

她用目光和我说话

老师，你累了吧

这个世界还没那么可怕

黑夜只是瞬间的睡眠

太阳升起定会一片光明

我无言以对

但心情依然沉重

我要在心中为死难者造一方墓地

2010，414，7. 49，7.1
这是怎样的一组魔咒
让高原战栗让玉树凋零
让两万同胞家园损毁
让两千一百八十三条生命驾鹤归西

地震，一次无情的劫难
地球的疼痛无人可以阻止
从汶川到玉树延着青藏高原
中国，又经受一次洗礼

作为一个孱弱的诗人
我无力飞临现场参加救助
但我的心始终
与压埋在废墟中的生命一同跳动
我相信祖国随时都会伸出一双温暖的手

昨天，举国静默

为逝者哀悼，为生还者祈福

半垂的五星红旗

涌动着人间四月的暖

此刻，我要涤净心中的尘埃

为两千一百八十三位兄弟姐妹造一方墓地

虽然我不知道他们是谁

也无法刻上他们的名字

但我要在这里深埋下一个东北兄弟

对遇难者永远的哀思

马蒂斯的女人

春天从你的眼睛里走出来

大地流淌着忧伤

我读不懂你那模糊的背景

是一棵圣树还是残雪

爱神徘徊在泥泞的路上

你看见了什么

痴情地站在我的对面

我们应该成为朋友

为马蒂斯和这个季节

吻一吻没有阳光的天空

你也许认为

没有这样的必要

一个悲剧性的故事

正从你的微笑中开头

这与马蒂斯无关

你封闭自己又开放自己

这是历史的必然

你说过一切都只是一个过程

马蒂斯也一定这样想过

那就请你记住这个中午

有个非常魁梧的东方汉子

正为他对面的女子默默伤心

哀思——献给一位伟大的诗人

1

我是一株葱绿的小草

我怀念给我希望的春阳

我是一个走出童年王国的孩子

我怀念给我生命的母亲

我是个称不起诗人的诗人

我怀念一位

真正的伟大的诗人

2

他的诗

是春天里的第一声响雷

唤醒了沉睡的万物

使他们挣脱桎梏

走向自由

他的诗

是黎明前的第一抹霞光

它宣告了黑暗的结束

用一面血色的旗帜

预示着光明的到来

3

他坎坷而伟大的一生

就是一首精湛的创作

在人民心中

闪烁着不朽的光辉

他的诗句飘着硝烟

他的诗句闪着炮火

他的诗句

更凝聚着

他的热血和青春

4

他曾构思过

一首最壮美的诗篇

它的题目就叫中国

中——国

一轮初升的红日

和他的缔造者一起

温暖了世界东方

5

如今，他走了

带着尚未成章的诗篇

带着亿万人民的思念

走向不朽

走向永恒

风，吟诵着他的名字

海，呼唤着他的名字

他的名字——

毛——泽——东！

赠 友 二 题

赠　K

坐在温暖的雪花里

放飞故乡的祝福

如果这春天的梦中

有一棵树向你致意

那一定是我

和你生在

同一块土上的兄弟

赠　C

走进您耕耘的土地

我也是一棵苗苗

绿色的王国多么美丽

春风吹来的是童话

雨点儿送来的还是童话

我真希望

永生永世都生长在这里

结不结果无关紧要

只要能为您和这个春天

开几朵鲜艳的小花

钱万成——著

钱万成作品选

乡村歌谣

诗歌卷 V

时代文艺出版社

目 录

八　月　秋

暖风吹呦

吹遍了沟

吹香果林

熏醉了柳

吹得人们心发烫

吹熟山乡八月秋

谷穗摇啊

垂下了头

豆荚晃啊

撞炸了豆

高粱好似新嫁娘

绿袖难掩满面羞

摘果的妹子

挥镰的嫂呦

歌声串串

情悠悠

汗珠颗颗额上滚

抹入鬓角当头油

炊烟有情挥酸手

孩子守望家门口

盼走晚霞盼来风

盼出新月弯如钩

秋来哪分昼和夜

太阳亮在心里头

编 篮 歌

春来三月三
春风又在柳丝上缠
缠上层层绿
缠进丝丝暖
缠得柳条柔又软
割回来，编新篮

姑娘媳妇手艺巧
希望编在篮里边
篮沿编个麦穗熟
篮底编个桃花绽
鱼鳞筐帮编得美
柳屑飞落似鳞片

编啊编，缠啊缠
手中活忙口不闲
我这只篮子专聚乐

我这只篮子专装甜

我这只篮子专装宝

我要用它装丰年

笑声脆，歌声甜

条刀子难把情割断

别看田里刚下种

心中早已是秋天

一篮篮葡萄流翡翠

一篮篮苹果大又圆

播 种 谣

四月开桃花

种豆又点瓜

南岭

北洼

洼地豆摇铃

岭地瓜起沙

河头种高粱

沙坡植芝麻

林边

地岔

岔栽葵

边种麻

政策遂人意

自己巧当家

彩色的村街

大年初一

村街如集

小姑娘凑在一块儿

说是看秧歌

不如说，比新衣

红的，红得似火

绿的，绿得欲滴

粉的，早霞一片

黄的，金丝万缕

好像一群彩色的蝴蝶

在人群里，飞来飞去

驮着大人们的心意

驮着童心里的欢娱

追着锣韵

踩着鼓点

迎千家爆竹

送万户喜气

这才是生活的色彩

这才是新春的气息

让贫困埋进历史吧

新的生活该永远富裕

孩子可知大人的心思

我们都是这样想的

春　雨

风，轻轻

雨，轻轻

甜丝丝的春雨呦

打湿了庄稼人的感情

种子发芽——

妹妹瞪大惊喜的眼睛

麦苗放叶

爸爸一夜睡不安宁

梦里，盘算

秋天的收成

连知趣的鸭鹅

也为之沉醉

在池塘里玩着

忘记了主人的呼声

珍珠般的春雨呦

竟是这样舒心爽意

神奇地催开了

古老乡村的笑容

春 雨 图

刷刷

刷刷

桃李挑彩串

杨柳披绿纱

乐坏青年犁手

顶雨修犁铧

选种姑娘隔窗望

走了神，洒了豆一把

牛犊儿撒欢

马驹儿蹦跶

谁赶猪娃屋前过

惊动水池一群鸭

刷刷

刷刷

村　　戏

台上，演戏

台下，也演戏

山里人的嗓门亮

敢和锣鼓——

比高低

开台乐一通又一通

台下喧闹难平息

赵家嫂，钱家婶

孙家妹子李家姨

说说，笑笑

又让，又挤

（仨女一台戏

何况这一群

嘿，难怪哩）

庄稼院

有庄稼院的风气

一家一户

劳劳碌碌

难得凑在一起

欢欢喜喜……

（要不是政策回山

再来十个剧团

也没有这样的甜蜜）

台上，声声唱得动情

台下，人人看得欣喜

星星也闻声起来

就像地上的人群——

越集越多，越集越密

搭 瓜 架

长秫秆，顺垄插
细马莲，手中掐
哥哥，嫂嫂，我
妹妹，弟弟，她
趁晌午，刚歇气
忙把瓜架搭

三月苗
四月花
五月瓜上架
大黄瓜，密麻麻
要吃就吃，随手摘
要卖就卖，换钱花

政策顺心
解除后怕
人有心，不辞劳苦

地有情，种啥得啥

日子就像这春天的苗

今天绿一点儿，明天绿满天涯

我插，她扎

妹妹悄悄话

嫂子偷偷笑出声

惊动做晌饭的妈妈

嗯！秋天收成好

新媳妇准能娶到家

分　瓜

香瓜熟了甜又脆
瓜不醉人人自醉

娃娃，满街跑
老人，笑弯腰

姑娘尝瓜又害羞
咬一口，捂上嘴

多美的味道啊
甜心，又甜肺

咬一口，甜一天
吃一颗，常有甜滋味

不尝黄连苦

难觉蜂蜜贵

受了多年苦水泡

才知今天生活美

姑娘，葡乡的晴雨表

没有梧桐树

恋不住金凤凰

　　　　　——民谚

吃了葡萄乡的葡萄

香甜，会伴你一生

见了葡萄乡的姑娘

即使铁石心肠

也会为之动情

可她绝不会爱你呦

她们的爱情

早已缠在蓬勃的葡藤

前几年，嫁到外乡的

如今回来，哭红了眼睛

望着重建起的葡萄园

走不愿走

动不愿动

谁想再往外乡拉亲

嗨哟，那真是做梦

姐姐会代妹妹回敬你

葡乡姑娘不外嫁

日子富了

还得恢复老传统

姑爷子上门的时候

新姑爷上门，

小鸡子没魂。

——民谚

似客，不是客

来了，炕上坐

老人们，悄悄地躲开

留下小姨子

小舅子

——闹得像团火

——你不想吃鸡吗？

咱家"机"可多

缝纫机，收音机

吃去吧，小心别电着

姐姐从外进来

偷偷递个眼色

像说：快下地吧

菜好了，小鸡炖黄蘑

家酿的酒，度数大

你可少喝

这一眼，捅了娄子

引出串串疙瘩嗑

刚结婚就知护短

咱走吧，人好那个

闹声，笑声

起起，落落

瓜 开 园

风香
雾甜

七月里
瓜开园

草帽
花伞

箩筐
扁担

嘴巴甜
笑眉弯

闹
喧

待客

尝鲜

上集

赚钱

看 秧 歌

好明的月

好柔的风

元宵夜

锣鼓声音脆

唢呐韵儿清

孙女紧拉奶奶手

老爷爷扶持着孙子行

小伙子好往人堆里挤

踩痛了姑娘的脚

挨了一拳，脸儿红

满街人流

满街笑

满街彩灯一条龙

翩翩起舞

款款游动

多美的景象啊

不是回忆不是梦

八十年代又一春

在中国的乡村里

我又拾到这诗情

梨 花 开 了

满院醉人的清香
满院浮动的雪花
引来东院的婶子
招来西院的大妈
在一阵忙碌之后
聚在梨树下拉呱

她说你的院子敞亮
你夸她的院子宽大
宽宽敞敞的院子
装不下拉不尽的话
从梨花唠到梨市
又从梨市唠到梨价

有时也抬几句杠子
嬉闹伴随着笑骂
有时也谈今论古

捎带着儿女亲家
唠家常还谈国事
从责任制谈到宪法

唠嗑，还惦记着活计
烟没抽透，各回各家
点着火，刷锅做饭
操起瓢，喂鸡喂鸭
还是孩子们知情，知趣
树下，玩着洒落的梨花

露　水　集

赶驴挑担的

驮着星月跑

挎筐背篓的

洗个露水澡

小路，踏宽了

大路，挤窄了

张家婶子李家嫂

东院杏子西院桃

瓜香若得野蜂追

鱼跃龙门过小桥

镇中小市大汇合

五里长街似涨潮

秤盘，托着情

秤杆，挑着笑

日头上三竿

集清人去了

清风识人意

悄悄把街扫

卖 瓜 谣

瓜车进城不用喊

一串响鞭人围满

货真就像农家情

任你挑来任你选

闻一闻，也有三分醉

摸一摸，也觉透心甜

不闻不摸车前过

蜜蜂围你身边转

手中掌秤，心打砣

咱农家不图多赚钱

政策富了庄稼户呦

城里人也该尝尝鲜

先尝，后买

价钱，好办

卖 粮 路 上

笑声挂在鞭梢上
破开一路晨雾

感情纺在车轮上
暖开冰花簇簇

车队，似一条长龙
在山路上飘飘起舞

好胜的小伙子
叫着号儿互相追逐

好唠的老人们
前后搭腔谈今论古

庄稼人的心呦

好像也装在车上

一起向国家交付

农　家　院

桃花杏花梨树花

彩色屏风护篱笆

栽上一片紫皮蒜

埋下一窝金疙瘩

障边儿，豆角

旯旮儿，窝瓜

大片地安排巧呦

柿花结果开茄花

黄烟，摇钱的小树

老人的酒菜，孩子的零花

垄头，也不闲着
种菇蒗，点芝麻

再也不会有昨天的空白
富裕的根已在这儿扎下

清　明

清明，来到葡萄乡

不见耕犁动，不闻牛铃响

家家搭葡架

户户栽新秧

扯起条条藤蔓

织成张张绿网

藤上钻出嫩黄的叶芽

像一串星，染透小窗

给小院点缀了色彩

给农家带来了希望

香甜的葡萄，香甜的梦

今日终于归还给葡萄乡

拉完葡藤堆完堰

村东村西辘轳响

水声桶声柳罐声

像说像笑又像唱

条条扁担如翼飞

驮走了天边夕阳

清　明　节

没有牧童的短笛

没有杏花的芬芳

飘飘洒洒的雪片

点缀着返青的柳林

酒旗，倒是有的

招引着过往行人

像簇簇燃烧的火苗

烤暖三月的乡村

乡路上

看不到骚人墨客

烈性的白酒

只属于纯朴的山民

口袋里装着串换的麦种

目光中泛着喜悦和欢欣

烧酒好似甜丝丝的春雨
润透了颗颗干涸的心

关东的山民啊
心中不是不念始祖
只因田中的农事
牵去了他们的心魂

请　客

东邻，西舍

二婶，三叔

庄稼人请客

不图攀高结贵

丰收了——

庆祝，庆祝

来，抽烟。大妹子

往里点儿，炕头热乎

如今腰杆硬了

再也不是"胀肚户"

兜里有钱

仓里有粮

日子一天比一天富足

来，吃菜。老嫂子

猪不肥，肉还对付

新修的院，新盖的房
新娶家的儿媳妇
政策随心了
汗珠变金珠
苦点累点心里也舒服

来，喝酒。老哥呦
干两杯，你可十年没捏这把壶

杯撞杯。笑叠笑
酒满壶。情满屋
酒不醉人，人醉酒啊
划拳，行令
主人的心思
——全品出

秋

家家
户户

檐上走青龙
窗前飘紫雾

葡萄，似农家的欢乐
遮不住，掩不住

一嘟噜，一串子
像玛瑙，像珍珠

孩子梦中偷嘴
老人盘算收入

香满村
乐盈户

三　月　夜

三月，山村的夜
蛙鼓伴着桶声敲

辘轳摇着甜蜜的歌
柳罐里倒出串串笑

劳碌一天的庄稼人呦
倦意早被水冲掉

看着绽开的花
看着蹿起的苗

谁心里没有一团火
烧得夜来睡不着

一瓢清水一捧银
洒下汗珠也是宝

月亮，也似有情

高高地挂在柳梢

沙沙，春雨没停

沙沙，春雨没停

山，洗得更清
树，绿得更浓
花，开得更艳
土，润得更松

人，显得更忙
村，显得更静
水，流得更急
风，吹得更轻

沙沙，春雨没停

快，开犁起垄
快，抢墒下种
快，刨埯栽秧

快，疏渠打埂

播，播下欢乐

播，播下喜庆

播，播下希冀

播，播下憧憬

沙沙，春雨没停

山 中 脚 夫

车轮追着北风转
马蹄刨起雪浪花

坡陡
路滑

山鸡野兔活黄羊
冻梨鲜果大麻花

蘑菇，山木耳
花炮，布娃娃

山货——集上送
年货——村里拉

皮褂在身心中暖

政策在心胆子大

大山中来来往往

把幸福拉进农家

山 中 小 店

三月花影映窗前
五月葡串当门帘
山中小店山上开
霞光云气绕屋檐

一条石路通八方
生意兴隆客常满
上山口渴喝杯水
下岭歇腿抽袋烟

远道投宿睡火炕
身上舒服梦也甜
近路打尖吃米酒
主客相劝兴更酣

采山姑娘门前过
人不进店歌进店

引出不少风趣话

笑声一串接一串

山中小店牵我情

几回梦里重相见

今日又来店中坐

酒未沾唇心悠然

四月，绿色的村庄

呵，绿得这样浓呦
院子已经容不下
窜东邻，连西舍
攀上房，爬上架
一个绿色的王国
像儿时母亲讲的童话

绿荫里，笼几多幻梦
坠成一串串淡黄的小花
随风摇动，芳香四溢
熏醉了架棚下的鹅鸭
它们，也似看到了希望
扬着脖儿，叽叽嘎嘎

我摄下这绿色的镜头
却无法和昨天接茬

送　别

背包里，打上一句话
院门口儿望上一眼
乡村的送别
就这么简单

用不着亲亲热热
用不着缠缠绵绵
他常说：乡里人的爱
是甜菜疙瘩
洗去泥土也露不出甜

他尽可行他的路
她尽可干她的活
心和心没有距离
梦就不会孤单

她相信

她在他心中的位置

一定会像他在她心中一样

像天和太阳

像太阳和天

即使遭遇上

漫长的淫雨日子

谁也不会把谁忘记

雨洗的太阳更红

雨洗的天空更蓝

桃 花 渡

三月桃花渡

春江水暖船处处

东一只，西一只

好像柳叶水上浮

轻轻漂

慢慢舞

笑声压得船儿颠

江南江北紧相逐

上集的，筐挎一篓鱼

回村的，兜装几叠布

生熟都是亲又热

三三两两常相扶

老人把着船帮唠

袋袋旱烟飘香雾

孩子坐在船尾上

任凭浪花湿衣裤

最数艄公知情趣

腰间系着酒葫芦

啊，桃花渡

连着城乡一条路

载回农家多少乐

胜似岸边花簇簇

簇簇桃花红如火

烤暖人心照亮路

五 月 夜

五月夜
蛙鼓伴着桶声敲
辘轳摇起心中情
泼星洒月把田浇

要说累，真是累
春忙地多人手少
牛卧槽头不愿起
铁打的鞋掌都磨薄

可看着拱土的芽
看着蹿起的苗
好像抱了连心的金娃娃
苦累乏困全忘了

一瓢清水一捧银

苗上不找果上找

庄户人全靠这块地

夜来哪能睡得着

乡 下 奇 闻

庄稼人，怪脾气
有钱不买洋皇历

他说：那是白扯
节气，装在心里

清明种麦，顶住倒春寒
谷雨点瓜，要赶及时雨

丰收就在手心攥
多花几分心血，多撒几颗汗滴

再也不吃从前的苦
皇历片上跑耕犁

"过长江"，舌头当船
"创高产"，唾沫充米

丢了"皇历"人松绑

过海八仙，各显神气

粮，家家多

钱，户户余

生活好似糖拌蜜

过去办个年，不如今天赶趟集

小　院

这么浓的秋色啊
小院已经笼不住
浮着歌的潮笑的浪
漫上墙，漂上树

农家更美了——
美得像出嫁的村姑
换下绿色的衣褂
穿上五彩的新服

红玛瑙似的椒串
是她颈上的项链
白玉石似的蒜辫
是她鬓上的珍珠

黄澄澄的玉米挂子
是她胸前的服饰

火红火红的高粱攒

是她流丹的裙襦

有谁能不为之倾倒呦

金风中且似轻歌曼舞

是唱勤劳的双手使她变美

还是唱党的政策使她变富

歇　晌

夏日的葡萄乡

清凉，幽雅

浓荫将炎热隔在院外

葡萄架下

睡觉的，睡得香甜

唠嗑的，抽烟品茶

老五，你真有福气

包了五架，又添三架

西岭可是银箩筐

财神你算接到了家

哪呦，还不是一样

我得金蛋，你得抱金娃

笑声，挂上葡藤

话题又从葡串上滑下

老三，我的香水

抵不住你的龙眼

到明春，说啥

也得多劈几杈……

致富，共同的愿望

像一条根，扎在农家

杏 花 店

一夜春雨，沙沙，沙沙
石墙里，探出几枝杏花
润亮的山路，像一条带子
牵着行人的脚步迈进山家

杏花，店家的幌子
也是店主人的笑脸
看一眼，满心欢喜
不吃不喝，也解乏

喝吧，家酿的薄酒
喝吧，自采的粗茶
没好菜，开河的鲤鱼
将就着点，味也佳

酒不醉人情醉人
杯酒下肚赶出话

砍刀，砍树也砍了店
今天，为啥店又开门花又发

店家推窗笑不答
杏花引来满天霞
太阳在山顶也像喝醉了酒
小院里，又开几枝杏花

雪 花 飘 飘

雪花飘飘，雪花飘飘

腊月的乡村，白了
银色的田野，银色的大道
赶集的队伍归来
背的背，挑的挑
好鲜的年货，好重的情呦
抖一路精神，撒一路欢笑

雪花飘飘，雪花飘飘

农家的小院，白了
铺一领玉毡，披一身素袍
小鸡，在棚子里挤
牛犊子蹦，肥猪叫
孩子们扫一块空地，支起筛子
捕捉飞来的麻雀

雪花飘飘，雪花飘飘

迎新的气氛，浓了
窗，擦了又擦；墙，裱了又裱
手巧的婶，心灵的嫂
蒸出油汪汪的豆包，香喷喷的年糕
老人们也忙了，贴完门上的"福"字，
就进了羊栏，守候接羔

雪花飘飘，雪花飘飘

野 茄 花 开

河边

沟畔

点点

串串

正是开犁时节

绿底叶托起蓝花瓣

山姑娘爱美

歇气了，采个没完

然后挑几枝艳的

悄悄地插在鬓边

对着河水当镜面

编小辫，照脸蛋

编完了，照够了
挎起点种篓，犁已走远

叽叽喳喳，像群燕子
一边说笑，一边追赶

月　夜

春三月，杨柳花
夜来薄雾轻如纱

罩起门前柳
遮住屋后花

笼不住夫妻悄悄话
顺着窗缝往外拉

说豆角，道茄子
西瓜地里带香瓜

唠得心里甜津津
唠得笑纹脸上爬

唠起那十年穷
十年小院没开花

不是地薄苗不长

只因年年割尾巴

月光淡如水

薄雾轻如纱

月夜静悄悄

月夜，静悄悄，静悄悄

山睡了，水睡了

乡村，也甜甜地睡着

池塘，微风荡起的涟漪

是乡村梦中露出的微笑

月夜，静悄悄，静悄悄

杏花，在借风谈情

种子，在土下伸腰

羊羔，在梦中吃奶

牛犊，在醒着倒嚼

月夜，静悄悄，静悄悄

孩子偎在母亲怀里

睡着香甜的婆婆觉

老人的鼾声飞出窗口
惊飞憩在檐下的小鸟

月夜，静悄悄，静悄悄
村部的灯，还在亮着
村委会开得热热闹闹
这里，是乡村的心脏啊
又是这月夜的岗哨

月夜，静悄悄，静悄悄

摘

八月里来秋风高，
家家户户收葡萄。

　　　　　——民谣

不再是又酸又涩的苦果
不再是荒荒凉凉的野外
人们，在自家的院子里
摘呦，摘呦——
墙头当梯子，板凳做跳台

一筐筐，一篓篓
家家院里摆一排
黑宝石，紫玛瑙
抒不尽农家的畅快

边摘、边唱
仿佛昨天一切都不曾发生

像昏昏沉沉的一觉

历史从六十年代说到八十年代

我真心同情他们的过去

可我更羡慕他们光明的未来

这劫后的小院啊

在雨露春风里，花开永不败

摘　葡　萄

石头台，木板跳
一群姑娘摘葡萄
筐儿手里提
背篓肩后吊
垂下的葡叶遮住脸
绿里透红格外俏

汉珠儿滚呦
滴滴哒哒湿辫梢
三女一台戏
叽叽嘎嘎好热闹
东边藏，西边笑
震得架杆颤又摇

忙摘葡萄忘天晚
炊烟袅袅牛羊叫
夕阳隐进大山里

晚霞如火天边照

还剩几串没摘下

留给夜风作香料

醉 酒 归 村

别笑我呦

赶集归来跌一跤

磕了脚

扭了腰

你说痛，痛点怕啥

心里早像蜜糖泡

分红了——

儿子添台车

姑娘买块表

老伴也穿上新衣裳

换去了那件百衲袄

哈哈，你说我吗

我啥也不想要

山上长满摇钱树

地下处处都藏宝

呵，你不信
摸摸俺腰里的大钱包

你笑？！你笑
我醉了。醉了
这酒，这酒
真是有味道

年　　事

一簇簇竹花

绽开一年的吉庆

孩子的喜悦飞上了天空

你仿佛也变成了孩子

蹲在地上

扎一只漂亮的彩灯

　（这是你许给儿子的愿啊

这会儿，却要

照亮孙子的梦）

孙子的梦

该是亮堂堂的呀

他没见过贫困

刻在爷爷脸上的苦相

更没见过灾难

罩在奶奶眼中的愁容

他是春天破土的芽儿

每一次呼吸

都那样甜润、透明

儿媳唤你来了

老伴催你来了

她们把一家人的祝福

都倾在杯里

等待你去畅饮

你把酒扬到天上

你把酒泼在地上

你说敬一敬土地

敬一敬太阳

对，还得敬一敬老伴

是她把福字

倒贴在门上

农机商店里有一台"胶轮"

多招乐儿呦
你说这老哥
拍着车头
硬说是
牛脑壳

又摸了摸轮子
摸了摸车座
把着方向盘
转着，笑出
满脸褶

真像在牛市
看口敲蹄壳
然后，拉住售货员
讲起价钱
泡又磨

他说钱不够

真后悔

刚买一挂小驴车

嗨，不该给老伴买块布

要不，要不

还差不多

七月，我的诗

七月

被山毛榉捧起的太阳

被葫芦蔓拴住的太阳

在洋槐花的吵嚷中

翻晒着被伏雨

淋湿的日子

那古铜色的脊背

那树皮一样的双手

和油黑的辫子

那浮动的草帽

那奔跑的笑声

都在光的爱抚中

藏进我的诗里

我的诗

是一颗刚脱芒的麦粒

是在泥土里长出来的

是汗水和雨露浇灌出来的

是期冀和憧憬

孕育出来的啊

一颗只属于我们的太阳

我把它封进口袋

寄给远方的诗刊

他日，必将

长起一片绿色的歌谣

啊，七月

我流淌着绿色的北方

我生长着希望的北方

我收获麦子

和诗的北方啊

山　民

1

一片洁白的雪地

一个普通的山民

2

他走着

背负着乡村的期望

走向山外的小镇

他的身后

是一条长长的纤绳

拉着凝固的海浪

和浪谷中的小屯

那是生养他的小屯

那是外祖父

开垦过第一片荒地的小屯

他在那里种下了

从父辈继承下来的希望

可收获的，却是

又一代受穷的子孙

于是，母亲发誓

要为儿子插上

逃脱灾难的翅膀

从父亲的血汗里

挤出一册《百家姓》

挤出一册《千字文》

3

小屯

开始一个彩色的梦

人们用奇异的目光

瞩望着未来的"圣人"

可太阳却失望了

从夏天里带走了石头的体温

小屯，依然

过着原始的日子

日出而作

日落而息

破旧的牛车上

拉着叹息和呻吟

4

在一个早晨

中国的乡村

发生了震惊世界的变革

土地又归还给

土地的主人

他从地主的宅子里

扛回一捆过时的"民国杂志"

他想，在这片土地上

只有他才有这样的福分

5

可他后悔了

再也不敢去想童年的故事

顶着七十年代的太阳

迎送着每一个晨昏

用微笑去报答侮辱和谩骂

用眼泪浸泡着滴血的心

他的妻子下世了

他的孩子长大了

他只是默默地劳作

像他鞭子下的牛

没有叹息，也没有怨恨

6

他终于

走完了这一段路

用握惯贫困

和灾难的手

推开了陌生的

绿色油漆角门

在颤抖的订单上

写下"诗刊""人民文学"

写下"科学"和"青春"

写下几十年的夙愿

写下从未有过的欢欣

7

他满意地去了

留下的是一串

新奇的乡音

带着订购知识

和文明的合同

走向那片承包下的土地

走向那个变革中的小屯

太阳驮在背上

信念扛在肩上

在他的身后

是一条融雪的路

和两个骑着

绿色邮车的年轻人

十月，香喷喷的风

十月，香喷喷的风

吹遍家乡的土地

吹进乡亲的心里

笑声，装满大嫂

拾稻穗的篮子

谷车上拉着老人的欢愉

唠包产包出劲头

唠分田没伤和气

唠山村走向富裕

山村，也似被风熏醉

微笑着，听人们谈论

横卧在血色的夕阳里

太 阳 帽

山湾
已不是妈妈的年代了——
野花开在鬓边
蝴蝶栖上辫梢

连刚剪去羊角辫的妹子
也学会了时兴的打扮
上集，蹬双高跟鞋
头上饰顶太阳帽

那是赶集的时候
别人送给她的
帽带的花结上
还系着一个秘密

她向妈妈公开了
她向嫂子公开了

她说自个儿还拿不准

请她们给当参谋

不过，这也瞒不过

屯子里的老少

帽子真成了"太阳"

在人们的眼睛里移动着

土墙上的ABC

歪着头

拄着锄

多像门前那棵老树

久久地站在那儿

端详墙上的英文字母

他不知那念什么

他想到了远处的山

山里的湖

倒挂的镰刀

和垂下头的新谷

孙女从屋里跑来

彩色的纱裙儿

在晚风中飘舞

那是他赶集时买的

还有那本

印着ABC的书

这就是孙女写的吗

这就是书上的那个吗

他不相信五岁的孩子

会有这样的本事

他五十岁的时候

才在沙滩上

学会了山、石、水、土

小院，一幅彩绣

拉来阳光的金线

扯来春雨的亮丝

构思了一冬的图案

在小院里铺开了

一方方池格

展示着主人的希望

埋下的种子

生长出绿色的太阳

主人把自己

也绣进去了

像架杆支起的葡萄

攀援着憧憬的路

远处的梨树

挑一树白雪

忽然变成了小星星

绿色的云雾

掩映起一个

金色的梦

银幕，在晚风中抖动

早春，夜的乡间
银幕是一扇敞开的窗
从这里，异域的风
吹热了小屯
冷漠的胸膛

小屯，在电子乐中
见识着另一个世界
咖啡、接吻、小汽车
以及悠闲的主人
和他的田园、牧场

妇女们，用手
掩饰着脸上的羞赧
可指缝间
却露出好奇的眼神

在看什么呢

一切都那么平常

土地，机器，人

晚归的歌谣

如血的残阳

小屯，第一次

发出慨叹

可它并没有失望

它把自己未来的光彩

叠印在

平展的场院上

灯　杆

入乡，随乡风
迎春，挂灯笼
高高灯杆院心里竖
像船的桅
等待东风鼓帆篷

东一根，西一根
家家户户不落空
山村变成大码头
船只靠岸
列出整齐的阵容

乡亲，是性急的水手
里里外外忙不停
像等待大海涨潮
手扶灯杆
盼着柔和的星星

小院，该是一只只船

载着希望载着梦

沿着富路向前走

去捕捞幸福

去载回繁荣

给老家父

你的胡须实在是太长了
一张口就是祖宗
祖宗又怎么了
不就是一对箩筐
挑来关东的烟火
在虎狼故地繁衍了儿孙吗

我记住了我不是
没有籍贯与民族的海水
我是你亲手撒下的白桦树种
长在哪方土上
都是北方的后裔啊

别来那么多的从前吧
从前的你不也曾像我一样
渴望翻过那道山吗

难道生命变成石头梦也会老化

你为什么不愿把它交给我们

我们还年轻

我们不会抛下这片土地

尽管叶子已经飘出山口

汲 水 姑 娘

月下
石井台上
她，用力地摇着
辘轳在唱
柳罐在响

水
银亮的水啊
顺着渠道
流着祝愿
流着希望

菜畦
蓄满水的菜畦
像一面镜子
收拢着
天上的星光

她累了

走到畦边

天上

地下

两张沉思的脸庞

金色的摇篮

牛背
金色的摇篮

我在牛背上睡着
彩色的梦
飞遍寥廓的草滩
熟透的野莓
衔在嘴里
乳汁一般香甜

牛背
金色的摇篮

我醒了
身上盖着
妈妈褪色的衬衫
她微笑着看我

一朵野花

插在蓬乱的鬓边

牛背

金色的摇篮

我长大了

接过妈妈的牧鞭

可我不敢

抽打那老实的黄牛

牵着缰绳

站得很远，很远

牛背

金色的摇篮

我又想起

那饮牛的小河

和河边的木船

还有夕阳

和村庄上

飘起的炊烟

牛背

金色的摇篮

酒　店

山乡酒店没有幌
店门儿一开
十里清风都含香

一铺土炕八方情
酒盅里品
筷头上尝

庄户自有庄户乐
自斟自饮
不必话凄凉

酒不醉人人醉酒
三杯下肚
话不出口憋得慌

我听酒老谈乡事

更牵别情

问了土地又问墒

黎　明

父亲，挥着牛鞭

赶落了天边的残月

河水，流着

吆牛的歌声

露水，洗出一条崭新的世界

他微笑着

晨光，在脸上跳跃

牛，拉着木犁

慢慢地走着

甩下了沉重的夜

村中，鸡鸣，狗叫

炊烟在蓝天里摇曳

小妹妹送饭来了

山路上跑着

像只轻盈的蝴蝶

我悄悄地

摘一片小树的嫩叶

写下这首小诗

留在田里

让它和种子一起发芽

恋

乡里人恋爱
可不像演戏
搂一搂，抱一抱
念一段准备好的台词

写情书，锄杆子当笔
汗水泡着感情，浓香的墨
大地，是理想的信笺
秧苗，是秀气的字迹

不用背人，也不用保密
大大方方写下一腔情意
爱有多深，秧有多绿
谁有真心谁就有接受的权利

粮食丰收了，收进仓里
爱情成熟了，收进心底
托上一个稳实的媒人
小山村，便添一分热气

芦花，飘飘荡荡

芦花哟

飘飘，荡荡

我想起八月的故乡

想起故乡的苇塘

想起古老的刈苇谣

和拉苇子的车辆

金子般的芦苇

是凝固在场院的阳光

风也飘香

雨也飘香

苦了一夏的乡亲们

心里又升起了

希望的太阳

芦花哟

飘飘，荡荡

这是历史

归还给故乡的财富

每一根苇节

都有着超重的分量

生活，再不会

像风中的木船

倾斜着

摇摇，晃晃

我愿做苇丛中

一只歌唱的小鸟

把爱留给故乡

把歌唱给故乡

用芦花筑一个温暖的巢

在冬天里孵出春光

芦花哟

飘飘，荡荡

妈妈的照片

一脸笑纹

像朵菊花

多美的背景啊

红砖瓦房木篱笆

身前，一群鸡

身后，一帮鸭

右边，肥猪摆尾

左边，白鹅格儿嘎

眼前一树红苹果

孙女咧着小嘴肩上趴

手端淘金瓢

心装蜜疙瘩

牛　铃

叮咚，叮咚
把沉睡的山村摇醒
把紧闭的柴扉叩动

五叔在谷茬上破墒
三婶在跟犁下种

叮咚，叮咚
东边一串，西边几声
南边刚起，北边又应

从牛铃的响声里
走来一个丰收的年景

叮咚，叮咚

暖　棚

从夏天割一片生机

藏在小屯的一角

于是，雪中

微笑的黄瓜花

便更改了冬的童谣

年后，绿色

也不再从江南向这儿踱步

她会带着主人的意愿

从这儿出发

去向田野问好

她会向南风

诉说她的感受

也会向大雁

显示她的骄傲和自豪

当然，在这儿过冬

不会使她满意

比起南国广袤的平原

我们的暖棚

毕竟还太窄、太小

三月，乡村的夜

月静

风轻

乡村把一天的喧闹

息进蛙鼓

息进荡起的鼾声

一切

都悄然地睡去

睡得平稳

睡得香甜

睡得安宁

唯有小河

像这一方土地的卫士

游动着

守护着一个

绿色的春梦

哪一家的汉子
才从田间回来
村头几声狗叫
路上，又响起
亲昵的嗔怪声

塘　边

绿色的池塘
游动着雪白的鹅雏
毛绒绒的
像散乱的云絮
在水面上漂浮

好活跃的生灵
转着圆溜溜的眼珠
近岸，嬉闹着
溅起片片水花
湿了她的衣服

她憨笑着
依着塘边的柳树
像童年数星星一样
数着锅里的油盐
数着桌上的酱醋

在她的眼睛里

再也找不到痛苦和悲戚

那炽热的目光

流露着心中的

喜悦与满足……

晚　　晴

燕翅把雨丝剪断了

牛蹄把云块踩碎了

夕阳像一团火

烧着了山头的雾

也烧尽了母亲脸上的烦闷

她挽起了腰筐

挽起了山里的船儿

去收拾

雷雨留下的赠品

（那鲜嫩的蘑菇哟）

那白色的是银

那黄色的是金

金银可不那么易得

要爬山

要钻林

山林是富有的

山林是迷人的

她没找伴儿

一把柴刀伴她出屯

家就交给了小狗

它知道怎样看门

我 的 故 乡

茁壮的炊烟在瓦脊上生长

整个黄昏都显得格外兴奋

夕阳在落山的一瞬

也忍不住要望一眼

牧童的长鞭怎样嬉耍残云

这就是梅雨想到

也到不了的关东之野呀

任何人都无法

寻出古人梦的荒凉

窗户纸旱烟袋

是曾写过这里的历史

那一页已经翻过去了

在一场突然的大风之后

这里也盖上了江南的

绿荫与细软

也有彩色的神经网络

触摸天空

也有大卫之魂

伏在少女的枕下

也有艾略特庞德的崇拜者

将一束束情思寄往远方

如果你与太阳

一同到这里做客

一投足就会掉进

热情的酒碗里

我赶着谷车

鞭梢上系着一串爆竹

鞭缨上拴着一团火

我接过父亲

手中的鞭杆儿

赶着夕阳赶着歌

再不会有

蔫头耷脑的日子了

秃鞭瘦马大破车

颠着几家愁和怨

夏荫里泡，秋阳里磨

新谷装在新车上

新路碾出新的辙

富裕拉进村子里

场院变成一个笑窝窝

弯弯曲曲山中路

晃晃悠悠拉谷车

载我心中多少情哟

马背驮着

谷腰儿中捆着

乡　路

黄昏的乡路啊

一条彩色的小河

腥膻的尘土

裹着炊烟的浓雾

慢慢地飘动着

牛羊不停地嘶叫

牧人，连声吆喝

路旁茂密的树林

是一条绿色的长廊

笼住这粗犷的歌

有谁能忘记过去呢

火爆的太阳

曾留给黄昏多少寂寞

孤独的放牧人啊

赶着枯瘦的影子

泪水，一滴一滴坠落

我真不情愿再去想它
让痛苦冲淡这甜蜜的生活
衔一片柳叶
也加入他们的合唱
唱我心中的祝愿
唱这暮色的柔和……

香 瓜 熟 了

香瓜熟了的时候
太阳，醒得也早
看瓜的汉子
却甜甜地睡去
窝棚外
挂一顶金色的草帽

露水湿了鞋子
草叶沾满了裤角
阳光
从角门进来
抚摸着他
从头到脚

他——
一定做了好梦
是的，不然

那深深的皱纹里

怎会溢出

这舒心的笑

上集的车子

还藏在树下

苫着几捆青草

毛毛道上

一晃一晃

走来送饭的大嫂

小 院 黄 昏

炊烟

蓝色的炊烟

曳出瓦脊

在玫瑰色的天空中

飘散

飘远

鸽群

银色的鸽群飞回来了

在瓦楞上站着

进行又一次

倾心的交谈

妻子笑了

笑得那样甜蜜

镜子幻出

她那孩子般的喜悦

羞红的脸颊

映着桃色的衬衫

我真不愿破坏

她这久违的情绪

悄悄走近

敞开的窗前

一只红透的苹果

被风摇落在脚边

歇 气 儿

张嫂

李嫂

围住小叔子

评头

品脚

多好的小伙子

老实巴交

像个大姑娘

未曾开口

脸红了

多年光棍

罪没少遭

不怪姑娘薄情

就怨四害干扰

穷嗖嗖

谁愿找

沙沙，沙沙
风动柳毛儿
张嫂扯李嫂
偷眼树林那边
悄悄躲开了

一阵风
一串笑
她来了

雨　中

微濛的春雨

洗亮山村的石路

一个女孩儿

在路上跑着

像这条线谱上

跳动的音符

她长得很俏

圆圆的脸蛋儿上

嵌一双黛色的明眸

酒窝里藏着天真和单纯

嘴角上

漾出欢乐和幸福

她说，她的爸爸

正在山里耕地

穿着很薄的衣服

她去给他送饭

连同母亲的嘱咐

在她走过的地方

找不到成行的足印

只有一支

动听的山歌

顺着弯弯的小道

飘向大山的深处

早　晨

金色的杯

盛满甘醇的酒浆

瓜藤,举起手臂

高高地擎着

等待醒来的太阳

来了,农家少妇

圆润的脸，泛着红光

又黑又亮的头发

披散着，贴在

那丰盈肩上

她摘一捧豆角

又折一枝小花

多么鲜丽的色彩

映衬着她那

流丹的衣裳

她又来摘这

又嫩又绿的黄瓜了

碰翻了金杯

一串银亮的珠子

也落进了菜筐

村 头 写 意

晚霞

是夕阳留下的祝福

牧归的羊群

把它驮回村来

柴门飘出饭香

烟囱飘出柴香

石井中的柳罐

拉起了沉积的希望

他的思绪

缠在辘轳上

他的思绪

缠在圈门上

天上的第一颗星星

是他心中的灯盏

守护着小屯的梦

也守护着

牛群的安宁

大年后的村庄

大年后的村庄
仍沉醉在节日的酒里
炊烟也摇摇晃晃
太阳也睡眼惺忪

一头牛卧进记忆
反刍着逝去的岁月
苦、辣、酸、甜
嚼得有滋有味儿

"福"字倒贴在门上
一幅幅春联
烧得红红火火

那一根根灯杆

高挑着男女老少的希望

不仅能照亮夜晚

更照亮了小村的前程

赶 集 归 来

我在山路上走着
走得很慢很慢
夕阳，像一团火
被风刮走了
刮进黛色的远山

我真想放下担子
歇一歇发痛的肩膀
可这怎么能呢
孩子，一定等急了
等着装在筐中的"年"

我不敢再想下去了
那是怎样的日子啊
一个父亲对孩子的欺骗
下班窗上睁大的眼睛
院门外冻红的小脸

今天，该不会流泪了吧

我幻想着

忘记了肩上的扁担

山下亮起稀疏的灯火

像微笑的眸子一闪一闪

故乡的山路

推开被月牙儿

倚歪了的柴门

我将黎明拖上山路

那是我们携手采野杏的路

那是我们并肩上学的路

那是她送我

走出古老乡村的路

童年的梦在这里

最初的爱在这里

连那个天真的秘密

也藏在路边的草棵里

可我见不着她了

她已经立了门户

她出嫁的那天

走的就是这条路

我在路边寻找着

寻找她曾喜欢的小花

小花依然微笑着

可脸上却挂满了泪珠

还 乡

炊烟在烧火棍上挑起

天空升一朵桔色的祥云

马车拉回夕阳和我

父亲的肩膀上

滑落一个汗湿的黄昏

骚乱，一阵紧张的愉快

水桶敲击着马蹄

泼洒一地火焰

 （那流动的晚霞呀）

燃起我心中的不安

水洼里

一队红色的车马

载回我藏在柳丛里的童话

童年最美妙的幻想

已变成一幅

彩色的浮雕

我熟悉的小院
陌生地望着我
我熟悉的黄昏
陌生地望着我
时间，在这一刻
凝固了故乡和我

黄 昏 写 意

晚霞是收工的布告

夕阳留下最后的句号

鸟声也叫得无力

渐渐地歇上柳梢

牛铃儿叮叮咚咚

敲响了宁静的乡道

爬犁好似小舢板

载着歌声归港了

小黄狗迎到村口

追逐着主人嬉闹

猪娃忍不住饥饿

吱吱哇哇叫槽

主人卸下肩头的野菜

乡村的黄昏由此静了

一切都在寂静中变得甜蜜

一切都在甜蜜中变得美好

柳丝挂绿的时候

春风
又绿柳梢头
冰，刮走
雪，刮走
燕子捎来江南的桃香
留在庄户微笑的窗口

娃儿乐了
花瓣儿沾满小手
她嗅了嗅
送给泥捏的小狗
她说：吃吧
锅里的饭还没熟

太阳升得高高
路上走着耕牛
她想，妈妈该回来了

跷着脚尖儿瞅了又瞅

她的肚子叫了

该是吃午饭的时候

可她又失望了

又去找她的小狗

她说她要去

给妈妈送饭

留下它

做小院的看守

山　路　上

山路上，黄牛
慢悠悠地走着
拉着我
和中国
乡村的历史

（有人诅咒过它
有人歌颂过它
我读的太多了
那些
变成铅字的
文章和诗）

远处，夕阳
已经沉进山谷
汽车从身边驶过
笛声，高傲的笑

震颤路边的树枝

面对车前
沉思的父亲
我能说些什么呢
只有此刻，我才
真正理解了他的心思

市委书记坐在农家炕头

没有酒也没有菜

市委书记坐在农家炕头

询问农事

小屋里一下子暖了

不问院中的粮垛

不问欢蹦的鸡鸭

问问种子、化肥齐了没有

还需要帮助点啥

问问又包了多少土地

问问收费增没增加

问问学校办得怎样

问问赚了钱如何去花

问出满屋子欢笑

问出满村子惊讶

问得乡亲们

心中火辣辣

我 的 村 庄

北方的冬天

山，是一群白马

竖着银鬃银尾

风雪中——

向着远方进发

村庄

该是马背上的牧人

年轻的牧人

挥着手中的鞭儿

额上的雪花，不是满头白发

他不愿再像父辈那样

死守一片吃光的草滩

让贫困和饥饿

任意践踏着每一朵

娇嫩的野花儿

他确信

前面一定会有

一片丰茂的草场

正期待马群

期待着歌声

期待着他

窗　口

在他的窗口

仙人掌像只绿色的大手

挥动着

召唤春天的风

当雪花还飘着的时候

在他的窗口

迎春花像探出的头

晃动着

在探望什么呢

当蝴蝶飞来的时候

在他的窗口

菊花留下了老主人的微笑

把脸儿朝向太阳

朝向乡路上的车马

朝向收获了的金秋

在他的窗口

乡村变得异常年轻

正沿着新拓的道路

向着繁荣

急匆匆地奔走

早　春

鞭声

铃声

黎明的山路

旋转的车轮

和太阳一起上升

雪地

闪光的脚印

两条不规则的

曲线图形

我们，去和

太阳会合啊

在山的那边

新划分的责任田中

柳树上

谁打着呼哨

哦——

又是那一股

早晨的风

祖　　母

啊，她笑了

真的笑了呀

摸着楼梯的扶手

笑得那样开心

菊花样的脸儿

又添了几条

细密的皱纹

那眯起的眼睛

那微颤的嘴唇

霜染的眉毛

一抖，一抖

闪亮的泪珠

流露出

激动和天真

这张脸儿

是怎样的

一篇文章啊

我终于读懂了

在那古老的象形文字里

深藏着一颗

金子般的心……

夜

汽车、马车、牛车

旋转的轮子

纺着夜的歌

红纱

花褂

一条彩色的河

田野上——流着

山路上——流着

场院里——流着

流进乡梦

一丝甜笑

流出孩子的酒窝

月圆如轮

月光如银

月色柔和

雪花，从绿叶上飘来

枕着山风

枕着蛙声

铺着嫩草的软席

盖着斑驳的树影

他的活儿干完了

锄头也倚在树上

悠闲地伴着主人

远方，不算远的地方

也有一棵小树

挑着一面彩色的小旗

那是他从集上买来的

那是他偷偷送过去的

袖筒里藏着两个天真的梦

钮扣上系着

一个彩色的谜

谜底在她心里

谜底在他梦里

他梦见绿叶上飘下雪花儿

落满他和她拼成的"喜"字

你

垄头里创出太阳

锄钩上挑着月亮

你呀，哪来的这股子劲头

把画上的景色

搬到山坡上

谁不知你这"懒鬼"

常年里，缺穿，少粮

气得妻子连哭带闹

你却笑呵呵地

炕上一躺

你说，天塌大家死

受穷，都是一样

干活，也是喝粥

不干，领点返销

熬几碗米汤

我真没想到——

岁月变更，人也会变样

老哥哟

快来歇歇吧

可别累弯了脊梁

归　圈

日落黄昏后
羊群进村口
咩咩咩
似云流

老羊倌，铲在肩
牧童儿，曲儿出口
唱开家家窗窗
唱响户户门轴

一群娃娃跑上街
鼓掌又点头
难怪他们心里乐
这景象过去哪曾有

酒 家 谣

山中有好酒

开坛香满山

风飘四五里

雾裹七八天

一杯风摆柳

三杯云中仙

酒祝情更浓

痛饮不知酣

新年纳余庆

无酒宴不欢

醉卧雪花里

睁眼是春天